JN064316

表紙：輪島市町野町の「窓岩」。2024年1月1日の能登半島地震で崩れた

※童門冬二さんの「前田家の武将たち」は作者体調不良のため終了します。

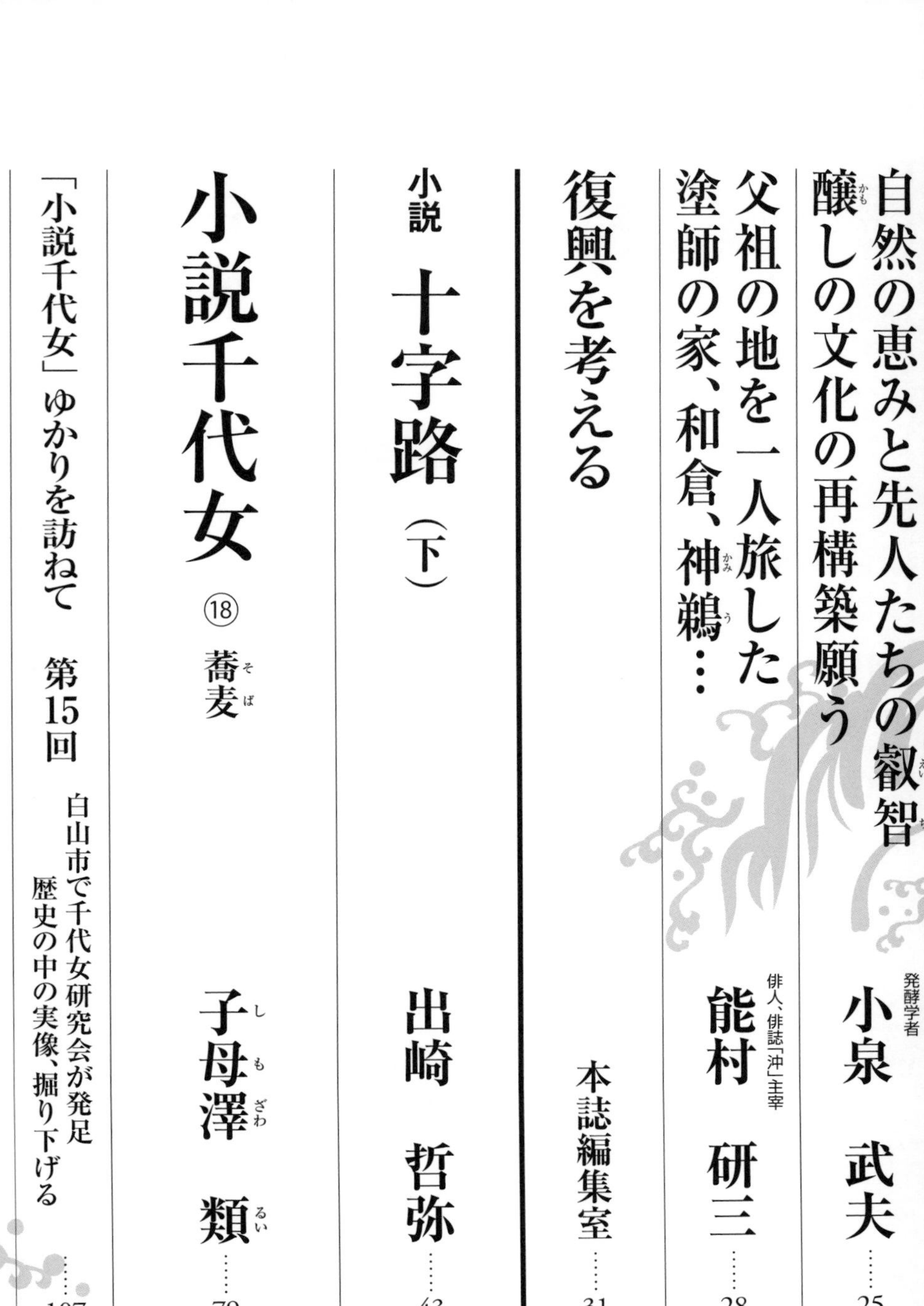

弘法大師空海が見つけたという伝説が残る見附島。軍艦に似ていることから「軍艦島」と呼ばれた＝2018年3月、珠洲市宝立町（ドローンから）

海とともに、土とともに

震災前の能登を語り継ぐ

海とともに、土とともに、能登の人々は生きてきた。数千年に一度という大地の激動は、暮らしはもとより、愛されてきた風景をも覆した。人間に、抗う術はない。それでも土地が持つ詩情を記憶し、語り継ぐことはできる。北國文華第99号は「能登、忘れ得ぬこと」を特集する。巻頭では2024年元日の能登半島地震以前を振り返りたい。

本誌編集室

※2024年2月15日現在で編集しました。

心のひだ揺らす四季の重なり
阿久悠さんが選んだ舞台

ごつごつした岩場が連なる珠洲市の金剛崎=2016年8月、同市三崎町寺家

能登の里山里海は、この地を訪れる旅人の心を捉えてきた。

作詞家の阿久悠さんは生前、北國文華第23号（２００５年春）のインタビューで、こう語っていた。

「国内で最も行きにくい土地、しかも歌の舞台になる土地はどこかと考えて、選んだのが能登でした」

石川さゆりさんが歌った名曲「能登半島」（１９７７年）のことである。歌の舞台に至るまでには、長い旅が欠かせない。能登に向かうにつれて、景色がだんだん物寂しくなる。阿久さんは自分自身を見つめるようになり、悲しみも込み上げてくる、と語った。

「能登半島」には、夏から秋の終わりへと移ろう季節を盛り込ん

能登島の向こうに立山連峰を望む別所岳からの景観＝2018年3月、七尾市の別所岳スカイデッキ「能登ゆめてらす」

強風にあおられ霧状になった垂水（たるみ）の滝＝2010年11月、珠洲市真浦町から

可憐な花を付けた雪割草＝2023年3月、輪島市門前町の猿山岬

だ。淡路島生まれの歌謡界の詩聖は、何よりも日本海の色彩に詩情を見いだした。

「海面が一見、青く澄んでいるのに、なぜかしら底の方が冷たそうに見える」

まるで、夏と秋が重なっているように見え、阿久さんの心は揺さぶられた。

「夏の上に秋、秋の上に冬、冬の上に春が重なっている時期があり、しかも実にさまざまな重なり方がある」。能登で肌に接した季節感は、言葉を紡ぐ者の琴線に触れた。

能登の風土は四季の表情を引き出し、「心のひだ」を震わせる力を持つ。歌が生まれる土地なのである。

宝達山の山頂付近から一望できる宝達志水町の町並みと日本海の漁火=2018年5月

冬の強風を避けるため集落を囲むように連なる間垣=2018年7月、輪島市上大沢町

世阿弥が見た生命の輝き
夏の夜、海を照らす漁火

能登の風土に大きな彩りを加えてきたのが人々の営みである。能楽の基礎を築いた世阿弥は晩年、佐渡に流された。途中の能登沖で目にした風景を「金島書」で、こう描写している。

能登の名に負ふ国つ神、珠洲の
岬や七島の、海岸遥かにうつろひ
て、入日を洗ふ沖つ波、そのまま
暮れて夕闇の、蛍とも見る漁火や、
夜の浦をも知らすらん

世阿弥は、日の暮れた能登沖でホタルのように輝く漁火を目にした。夜の海に繰り出し、小舟のか

人々が営々と耕した水田が海岸に迫る「白米千枚田」=2018年8月、輪島市白米町

曹洞宗大本山總持寺の外港として栄えた天領黒島の黒瓦=2018年6月、輪島市門前町黒島町

がり火を頼りに魚を追う。生活の糧を得ようとする漁師たちの情熱は炎に宿って、海岸線の形状を照らさんばかりである。雄大な光景である。

世阿弥の描写は１４３４（永享6）年5月のことであるが、６００年近く後の21世紀も、夏の夜には、大小の船が能登沖で変わらず漁火をきらめかせる。人工衛星から、くっきりと見えるほどだ。

漁火は、能登の海で懸命に生きる者の生命の輝きである。万葉の歌人である越中国司の大伴家持は海女漁、昭和の俳人で北國俳壇選者を務めた沢木欣一さんは塩田の作業をそれぞれ詠んだ。老境の世阿弥も感じるものがあっただろう。

「あばれ祭」で、大松明の周りを乱舞するキリコ
=2023年7月、能登町の宇出津港いやさか広場

豊かな自然に神仏がいる
「祭りがあるから、ここに」

能登でなりわいを持つ人々は、眼前の風景や生活の中に神仏の姿を見てきた。田の神をもてなす「あえのこと」、家内安全と豊作をもたらす来訪神が家々を巡る「アマメハギ」は、人間を超えた存在との距離の近さを伝える。

とりわけ人々の愛着が深いのは、祭りである。キリコが乱舞し、みこしや太鼓が集落を練る。「よばれ」のごちそうを一族や知人で

奇面をつけた来訪神が家々を巡る「アマメハギ」
=2020年2月、能登町秋吉

山海の幸で田の神様をもてなす「あえのこと」
=2023年12月、輪島市白米町

能登町小木港を巡る「とも旗祭り」
=2023年5月

石崎奉燈祭で、広場に集まった奉燈
=2022年8月、七尾市石崎町

囲む。家族や地域が固く結ばれるひとときである。

「祭りがあるから、ここにいる」と胸を張る人もいれば、町外に住んでいても「祭りがあるから、帰ってくる」と話す人もいる。7月の「あばれ祭」を心待ちにする能登町宇出津には「祭りごも（祭りばか）」を自称する人もいた。

◆　◆

能登半島地震はこうした風景をどう変えていくのか。不確かな大地の上で生きる人間の定めなのかもしれないが、せめて今は、海や土とともに歩んできた能登の記憶を胸に刻みたい。

【参考文献】
石井悠加「世阿弥の佐渡配流と『金島書』」（東京大学国文学論集、2020年）

大西洋をわたる風 ～イギリス、アメリカの音楽～

イギリスからアメリカへ、海を渡って広がる音楽に染まる春！

Ⅰ ミート・ザ・クラシック！

クラシック音楽だからこそ出会える
極上の響きがもたらす高揚感―
管弦楽の重厚な響き、豪華ソリストの
華麗なパフォーマンスに出会う春！

HIMARI（ヴァイオリン）

オックスフォード・フィルハーモニー管弦楽団
欧州の精鋭が集結！名門オックスフォードの響き

宮田 大
（チェロ）

大阪フィルハーモニー交響楽団
個性と魅力あふれる伝統オケが魅了する！

バリー・ダグラス
（ピアノ）

オーケストラ・アンサンブル金沢
金沢の至宝が大西洋をわたる！

菊池 洋子
（ピアノ）

Ⅱ ザッツ・エンタテイメント！

イッツ・ショー・タイム！
ジャズ、ミュージカル、エンタメ界のレジェンドが金沢に集結―
新しい音楽祭の扉を開ける！

大西 順子（ジャズ）

由水 南（ミュージカル）

飯田 洋輔（ミュージカル）

ジェイコブ・コーラー（ピアノ）

ラニー・ラッカー（ゴスペル）

ロジェ・ワーグナー合唱団

Ⅲ エンジョイ・フェスティバル！

参加型プログラムを楽しもう！

- 「これが聴きたい！」クラシックから映画・アニメ音楽、ポップスのリクエスト公演開催！
- 市民オーケストラや吹奏楽の祭典、ジュニアオーケストラ＆コーラスフェスなどの参加型企画
- 邦楽とクラシック音楽の共演

音楽祭にきて被災地を応援しよう

❶ 聴いて応援 あなたのチケット購入が支援に！ 入場料収入の5％を義援金送金
各会場には義援金箱設置！

❷ 買って応援 食べて、飲んで、買って！
5/3（金・祝）～5/5（日・祝）能登産品の販売ブースオープン！

会期 2024年**4月28日（日）～5月5日（日・祝）**

会場 **石川県立音楽堂　金沢市アートホール　北國新聞赤羽ホール　北陸エリア**（福井・石川・富山）**各地**

お問い合わせ／ガルガンチュア音楽祭実行委員会事務局（石川県立音楽堂内） TEL076−232−8113

主催：ガルガンチュア音楽祭実行委員会、石川県、金沢市

特集

能登、忘れ得ぬこと

傷ついた能登には、忘れ得ぬ思い出がある。人々の優しさがあり、友と過ごした日々があり、根付いた文化の奥深さがある。2024年1月1日の能登半島地震を受け、ゆかりの7人が、限りなく美しい能登を振り返る。

起伏に富んだ絶景が続く外浦の海岸。大勢の来訪者を魅了してきた=2007年、珠洲市内

阪神へ駆けつけた輪島人 いっぱい泣いて、立ち上がる

落語家 **桂 文珍**

今から29年前（1995年1月17日）、阪神淡路大震災に遭い、自宅が全壊した。

生活する為の水が手に入らなかった。まず電気、そしてガス、水道という順にインフラが仮の修復をしていったものの、道路は寸断され、倒れた阪神高速道路の横をゲンチャリ（原動機付き自転車）で仕事に通っていた。

はたしてこれから、元の生活に戻ることができる

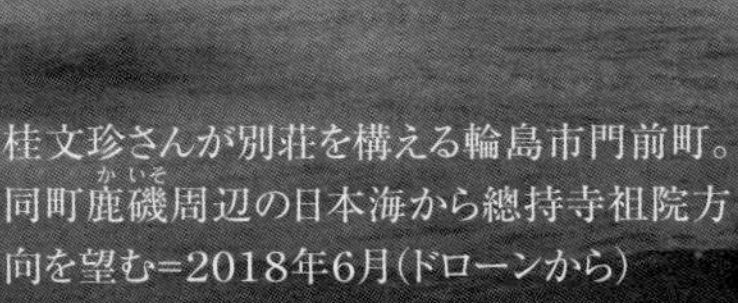

桂文珍さんが別荘を構える輪島市門前町。同町鹿磯周辺の日本海から總持寺祖院方向を望む＝2018年6月（ドローンから）

のだろうか……と不安に思っていたところ、ナ、ナント、輪島から知人が水や食料を持って励ましに来てくださった。高速道路は不通で、輪島から舞鶴経由で十数時間も掛けてトラックで山越えをして見舞いに来てくださったのだ。

お顔を見ただけで、輪島の方の想いと優しさを感じて、家内は涙を流していた。

そして一言も「頑張って」とはおっしゃらない。「身体は、大丈夫か」の一言だけ。嬉しかった。

大きな災害に遭った時、懸命に頑張っているのに「ガンバッテ」と言われると、もうこれ以上無理、となってしまう。

「まさか」がきつい

能登が再び、地震に見舞われた。

2007年の地震で、「やっと修復が終わった、

やれやれ」と思っておられた方も多いのでは。まさか正月、元日に震度7を経験されるとは……。人生、様々な坂があるが、「まさか！」という、この坂がきつい。

お見舞いを申し上げながら、実は私も門前に家屋がありグシャグシャになってしまった。片付けも終わっていない。

発生から1カ月が過ぎたいま、能登の皆さんは疲れがたまっていると思う。「能登はやさしや土までも」という。きっと能登の人たちはグッ！と様々な思いを胸に仕舞い込み、優しく、自分を抑えて日々を過ごしてこられたと思う。被災された方々に向き合う方々は寄り添って、お話しを聞いてさし上げてほしい。それが心の平安を取り戻す第一歩になる。

能登の皆さんに申し上げたいのは、そんなに辛抱しないで、そっと、泣けばいい。いっぱい泣いて、泣いて、そこから立ち上がるのが能登人だと。私は三十数年、能登の人たちを見て、付き合って、そう思っている。

そして能登の皆さんが安穏な日々を送られることを祈り、たとえ一ミリでも笑いが起こる日常になるように、私も精進させてもらう。

（かつら・ぶんちん）

◆1994年に旧門前町に別荘を建てた。2003年7月の能登空港開港では自家用飛行機を操縦し、一番機に先だって着陸、「門前の別荘は、『桂離宮』というんですよ」と述べた。07年3月の能登半島地震では別荘滞在中に被災した。

輪島塗の不思議な温かさ「まれ」を生きる夢がある

俳優　土屋　太鳳

「能登はやさしや土までも」――この「やさしや」という一言の中には、言葉に尽くせない「能登に生きる人たちの力」が凝縮されていると思います。

世界に誇る技術や食材、それを育む徹底した情熱、そして…自然の恩恵を受けながら、その自然と対峙してきた覚悟。それは生活での様々な工夫にも感じられましたし、「朝市」に流れる穏やかな一体感の中には、人々が声を掛け合い助け合ってきた歴史を感じました。

その覚悟が包容力となり「やさしさ」となり、「まれびと」と呼ばれる客人を温かく迎え入れる土地柄になったのだと思います。そして私が「まれ」の撮影で体験させていただいた「協力という次元を遥かに超えた協力」も、その延長線上に生まれたのだと思います。

祭りの時期ではないのに実現した力強い「キリコ祭り」。国の登録有形文化財である「住前職後」と呼ばれる塗師屋の家屋配置を、東京のスタジオ

「住前職後」と呼ばれる輪島塗の塗師屋の家屋配置=2018年3月、輪島市鳳至町

で完全に再現できた奇跡。このご恩を、今返さず、いつ返すのでしょう。

輪島塗を手にするたび、私はいつも不思議な軽やかさと温かさを感じます。創(つく)る人の情熱がそのまま込められたような漆たちは、使う人の手に渡った瞬間、その手と生活に柔らかく馴染(なじ)んでいくんです。

先日、我が家は「お食い初め」を行いましたが、「まれ」からお世話になっている大﨑庄右エ門(しょうえもん)さんが創って下さった朱色の漆のスプーンは、美しいだけでなく口当たりが優しくて、子どもの小さな口にも、その気持ちよさが確実に伝わっていました。

得難い技術を創り上げ、職人さん方の生き方や心の在り方をも含めて継承し、さらに研鑽を積み重ねてこられた歴史があるからこその、使いやすさだと思います。そして、この歴史を途絶えさせてはいけないと、心から思います。

小さなケーキ屋さんを

「夢」という言葉を今書くことは適切ではないかもしれませんが、敢えて書かせてください。

私には今、夢があります。能登で「まれ」の続編を、演じるのではなく「生きる」ことです。

小さなケーキ屋さんを作り、能登の塩など食材を勉強し、テーブルウェアは漆を主役にまとめ、漆づくりを体験したい方は申し込みも出来て、作品の展示や購入も可能な場所。そしてリモートが出来るようになった今、その魅力を世界に発信していきたい。

役者業と両立する必要がありますが、希ちゃんが二足の草鞋で踏ん張ったように、私も夢に向かって踏んばりたい。そのためにも、乗り越えるべき「今」を、心を込めて支援し続けたいと思います。

（つちや・たお）

◆能登を主要な舞台として2015年上半期に放映されたNHK連続テレビ小説「まれ」で津村希役を主演した。国名勝である輪島市の「白米千枚田」のオーナー制度特別名誉会員にもなっている。

私の故郷は能登半島

写真家　梅　佳代

私は1981年に穴水の病院で産まれた。穴水は母の故郷。私の実家は旧柳田村。通った高校は宇出津。この三つの街で私のもとができた。

小さい頃はよく穴水に行った。その頃の私の中で穴水は都会。もうなくなったけどトーカマートというショッピングセンターがあって、正月はそこでガラクタしか入っていない福袋をいつも買ってもらっていた。穴水おじちゃんはよく私たちきょうだいに「じぇんじぇん（銭銭）やるぞ」と言ってお小遣いをくれた。

柳田村は山で、子供の頃は雪が積もりまくっていた。私の在所は雪が多いから

梅佳代さんが過ごした旧柳田村の水田と集落＝2013年8月、能登町内（北國新聞社ヘリから）

冬の間は小1から中1まで寮生活をしていた。小学生の頃は嫌すぎて、しょっちゅう胃が痛くなっていて、友達のなみちゃんに薄目されながら「し〜ら〜じ〜ら〜し〜」とよく言われた。なみちゃんとは小学校に通うワゴン車のバス『つくし』で志村けんとカトちゃんどっちが好きかでケンカにもなった。私たちは43歳になった今でも志村けんの話をしている。

友達のちーちゃんとは、『つくし』のバス停から400メートルくらい先にあるちーちゃんの家に声が聞こえるか気になって、血管が切れそうなくらい大声で「ちーちゃん、聞こえるー?」とやっていた。家の目の前の山でターザンごっこをした時は、ばあちゃんから「マムシ出るぞ!」とキレられた。

50メートル隣のよしみのお父さんはおはぎを作る名人で最高。よしみは中学生の頃、6キロの距離を自転車を押しながら漫画を読んでいて、それを見たうちのばあちゃんが感心していた。よしみは20歳から3年連続で子供を産んで、その子供たちは私の写真集に沢山(たくさん)載っている。

在所の祭りの日、各家で大パーティーが始まる。家の中の戸は外され、テーブルを並べてオードブルと酒と、女達が作ったご飯で大盛り上がり。葬式の時も在所の人たちがすぐに集まって、女達が料理して男達が葬式を仕切っている。みんなすごい手際でチームワークがすごい。元日の地震で孤立集落になったけど、みんな普段からマタギみたいやし、いつものチームワークで乗り越えていた。

みんなに会いたい

能登の人は気を遣いすぎるし我慢強いし、申し訳ないと思うから、なんかやってもらうと「あんた、気の毒なぁ〜。いいわいね」ばっかり言ってる気がする。変わることのなかった風景もこの地震で変わってしまった。みんなに会いたい。

(うめ・かよ)

◆2008〜16年に北國新聞・富山新聞で「うめめ日記」を連載した。北國文華第76号(2018年夏)では巻頭企画「のとじんって イモかわいい」で写真とエッセーを寄せた。

（撮影：山本マオ）

珠洲は日本列島の縮図
共同体の力は生きている

奥能登国際芸術祭総合ディレクター　北川　フラム

2012年の秋の終わりの夜、金沢から珠洲に入って内浦の街並みを走った時の印象は忘れがたい。ところどころに灯る街燈に映し出される光景は、ほとんどがおぼろでありながら、その黒瓦、建物の骨格、板貼りが妙に私の感覚に迫ってきます。

これが北前船停泊により殷賑を極めた半島の歴史的な力だと後に知るのですが、その力が珠洲での奥能登国際芸術祭に関わった契機になりました。

人口が1万3000人という本州最少の市でありながら、夏から秋にかけてのキリコ祭りや燈籠山祭りの日は皆さん学校も休みで「今日は祭りだから」という言葉は印象深く、私は初めて行くお家を何か所もハシゴしてヨバレの饗応を受けたものです。

山が海に急に迫っている里山、里海の世界。そのため、どの民宿でもいただく魚や椎茸等の野菜は旨かった。峠の「つばき茶屋」や「典座」の魚料理も格別で、珠洲は食の最高峰です。旬の魚、栄養バランス、珠洲焼などを使った御膳のあしらい。そこに

珠洲市飯田町の祭礼「燈籠山祭り」。高さ5～6メートルの山車（やま）が巡行する
=2023年7月、同市飯田町の吾妻橋

すべてが詰まっています。

戦争中も続けられた揚浜式による塩や塩田作りのための砂取船や砂取節、炭や木材の加工、さらにキリコづくりの細工や、おびただしいほどの神社や寺院、さらっとは読めない人名や地名にも日本中から人が寄せてきたなごりがあって、珠洲は四方海に囲まれた日本列島の縮図のような場所でした。

輪島市の端にある時国家から入って外浦から舳倉島（へぐらじま）を眺めてシャク崎、禄剛埼（ろっこうさき）灯台に至り、内浦を巡る岬巡りは旅の醍醐味（だいごみ）を満喫できました。アーティストはそれらの場とそこに住む人々を結び付け、実に豊かにこの土地の魅力を伝えてくれました。

昨年5月5日の震度6強の地震のあと、3週間遅らせた芸術祭では5万人ほどの人が珠洲を歩き楽しんでくれました。その口コミは強く、この能登半島の地震の後も多くの応援の申し出が寄せられています。

リアリティーある土地として

彼らは奥能登珠洲の地名、映像を単なる記号とは捉えていない。リアリティーある人間の土地として体感し、心を寄せてくれています。ありがたいことです。

震災後の厳しさにあっても風呂を共同で作ったり、厳しい中での助け合いや立居振る舞いを知ってホッとすることもあります。

中世以来の海と農でつながった共同体の強さが生きているように思います。

（きたがわ・ふらむ）

◆アートディレクター、文化功労者。珠洲市の奥能登国際芸術祭を通じて地域創生に取り組む。2017年の初回では「やってくる人々と新しい縁を作り、3年に一度の祭りでこの地域をつくろう」と住民に呼び掛けた。

（撮影：畠中和久）

朝市通りで寝転がった少年時代、幸せな記憶

城郭考古学者　千田嘉博

能登は私の幸せな記憶とともにある。

母の実家が輪島市にあったので、幼少期から小学生の頃まで、毎年、夏休みの何日かを私は輪島市で過ごした。輪島市へは鉄道か車で出かけた。いつだったか鉄道で輪島駅へ向かう途中で、蒸気機関車とすれ違った。その迫力をよく覚えている。

私たちが乗った客車の窓は、夏だから開いていた。猛烈に迫ってくる蒸気機関車の姿に、私は窓から頭を、許されるなら半身を出して眺めたい心境だった。ところがその刹那（せつな）、客車内の男性が「窓を閉めろ」と叫ぶと、たちま

千田嘉博さんが少年時代にフナムシと遊んだ鴨ケ浦の「塩水プール」。国登録有形文化財となった＝2021年7月、輪島市輪島崎町

ちすべての窓が閉められた。

直後に蒸気機関車とすれ違うと、窓の外はすべて黒煙に覆われた。子供心にも窓を閉めた理由はわかった。しかし今でもあの一瞬を想(おも)い出すと、窓を開けたままにしたかったと思う。

母の実家は輪島市の中心市街地の一角にあって、家の前の路地を抜けて、海沿いに延びた道の向こうの堤防の先に、広い砂浜と海があった。ただしそこは遊泳禁止なので、泳ぐのは街の北西にある袖ヶ浜海岸に遠征した。

海パン姿にタオルと水中メガネを引っかけて、朝市通りをウキウキと歩いた。突端の鴨ケ浦(かもがうら)にある岩をくりぬいた塩水プールではフナムシと遊び、その先の竜ケ崎(たつがさき)トンネルは、抜けるだけでワクワクする冒険だった。

輪島の朝市では、馴染みの店で祖母がおいしい魚や貝を買ってくれた。朝市の仮設店舗の後ろには、いろいろなお店が立ち並んでいて、その中にはおもちゃ屋があった。ある夏に、ほしいおもちゃを見つけて、朝市通りに五体投地してねだった。

多くの人でにぎわう朝市通りに寝転がるのに呆れた親に、私はたちまち強制送還された。作戦は失敗だった。でも失敗したから、朝市通りに寝転がったあの日の記憶が懐かしい。

車で訪ねたときは、時国家住宅や千枚田、珠洲市の禄剛崎、軍艦島(見附島)を巡る小さな旅行をした。

日本海の水運で各地とつながり、世界に開くことで華開いた能登の自然と文化、そして歴史は、いつも魅力的である。陸の視点で能登半島を考えると「行き止まり」に思う。しかし海の視点で考えると、能登半島の豊かさの秘密と重要性が見えてくる。

七尾城は独自文化の象徴

戦国期に畠山氏が築き、前田利家・利政が整備した七尾城は、そうした能登の独自の文化と歴史の象徴である。

社会インフラを復旧し、日常を取り戻した先に、能登の歴史と文化を伝える歴史遺産もよみがえってほしい。微力だがそのお手伝いができたらと願っている。


(せんだ・よしひろ)

◆名古屋市立大学特任教授、奈良大学特別教授(元学長)。母が輪島市出身。2018年には七尾ロータリークラブが開いた能登立国1300年記念講演会で講師を務め、上杉家、前田家の特色も見られる七尾城の石垣について解説した。

（撮影：中西裕人）

自然の恵みと先人たちの叡智 醸しの文化の再構築願う

発酵学者　小泉 武夫

石川県は発酵王国である。私はかつて北國新聞に石川県の食文化を約2年間にわたって連載しており能登半島を中心に県内数多の地に足を運んで取材した。石川県、とりわけ能登地方の発酵文化の奥深さにつくづく感銘しながら執筆したものである。

このたびの能登半島地震によって、長く伝承されてきた能登固有の醸しの文化が、壊滅的な打撃を受けたことは、発酵学者として痛恨の極みである。

記録によると、奈良時代後期にすでに輪島に市の前身（神社の祭礼日などで行われた物々交換）が成立し、やがてそれが平安時代の初期には市として発展して、酒や醤（醤油）、未醤（味噌）、食酢、醢（塩辛）などが売られていたという。

能登地方は周囲が海に囲まれているので、そこからは豊富に魚介類が獲れ、塩も手に入る。さらにその海から少し離れた場所では、輪島の棚田「白米千枚田」に象徴されるように水田や畑からは米や大豆などの穀物が収穫される。そのような豊饒の地に

海鼠腸の卵巣、クチコの寒干し作業。江戸時代には将軍家に献上されていた
=2023年2月、穴水町中居南

酒、醤油、味噌、市酢※、塩辛、魚醤、飯鮓などの発酵食品が成立したのは、自然の恵みと先人たちの叡智が融合したことにほかならない。

その発酵文化を築き上げてきた土台骨の仕込み蔵や容器、道具などが、甚大な被害を受けたのは誠にもって無念の極みである。

輪島市や珠洲市、能登町など多くの醸造会社が全滅あるいは半壊し、今後の酒造りの見通しも立たない状況を知るにつけ、また能登半島のみならず、県内各地の蔵元の中にも今季の酒造りに支障をきたしていることも合わせ考えると、あらためて自然災害の爪痕の無惨さを嘆くばかりである。

教え子の酒蔵も被災

輪島市や珠洲市などにある酒造業者の中には、私の教え子も含まれていて、ことごとく全壊した酒蔵の様子を写真で見て、私は涙した。これらの酒造家

※市場で販売される酢。

の多くは創業が江戸時代であることを考えると、とり返しのつかない歴史への重さを痛感するのである。

また、酒造業ばかりでなく醤油や味噌、食酢、漬物、魚醤、塩辛などの古典的発酵産業も大きな被害をこうむったことに心を痛めている。

これらの中には、能登半島でしか見られない固有の、そして貴重な発酵文化があって、その地を含めて私は「古典発酵の聖地」と表現してきた。例えば海鼠腸（このわた）は、日本三大珍味のひとつとして、すでに奈良時代の文書に記載されていて、穴水町の森川仁右（にう）ヱ門（えもん）商店は江戸時代に加賀藩が徳川将軍家へ献上するための名品をつくり、納めていた。

さらに古典的調味料である「いしる」（いしり）は魚醤の一種であるが、イカの内臓と塩だけを原料に用いるのは能登半島だけに見られる固有の発酵食品である。

加えて日本の酒造りの一角を支えてきた酒造り集団「能登杜氏（とうじ）」の人たちの多くも、この震災で被害を受けている。

以上のように、今般の能登半島地震が残した発酵文化への瘢痕（はんこん）は非常に傷が深く、致命傷ともなっている。

国や自治体は、崩壊した建物や道路、湾岸、橋など、また被災者の住宅やインフラなどでの対策で日夜全力を尽くしているのには敬服するのであるが、一方で、目で見ることのできない「文化」という遺産の復活も忘れてはいけないことである。それは、一度失った文化は二度と蘇（よみがえ）ることができないからで、これから石川県に生きる子供たちのためにもこれらの発酵文化の再構築は避けて通れないことなのである。

（こいずみ・たけお）

◆東京農業大学名誉教授、石川県立大学客員教授。NPO法人発酵文化推進機構理事長。2017、18年に北國新聞・富山新聞で「小泉武夫の食魔殿」を連載した。

父祖の地を一人旅した 塗師の家、和倉、神鵜(かみう)…

俳人、俳誌「沖」主宰　能村 研三

私の父、能村登四郎の名はその祖父、和吉の生まれた能登にちなんで付けられたと言う。能村の「能」、登四郎の「登」を繋(つな)げると「能登」ということになる。能村家にとって能登はかけがえのない父祖の地であり能登への思いは強い。

登四郎と私の能登への思いを詠んだ句のいくつかをあげてみたい。

明易(あけやす)く祖父の地のふところか　登四郎

御墓辺に空蝉(うつせみ)ひとつ天降らす　〃

（羽咋の釈沼空(しゃくちょうくう)の墓）

日本海青田千枚の裾あらふ　〃

昭和29年、私の父能村登四郎は第1句集『咀嚼音(そしゃくおん)』の後記を書いた翌日、新たな句風を求めて、ひとり金沢、能登に旅をした。金沢・能登を選んだの

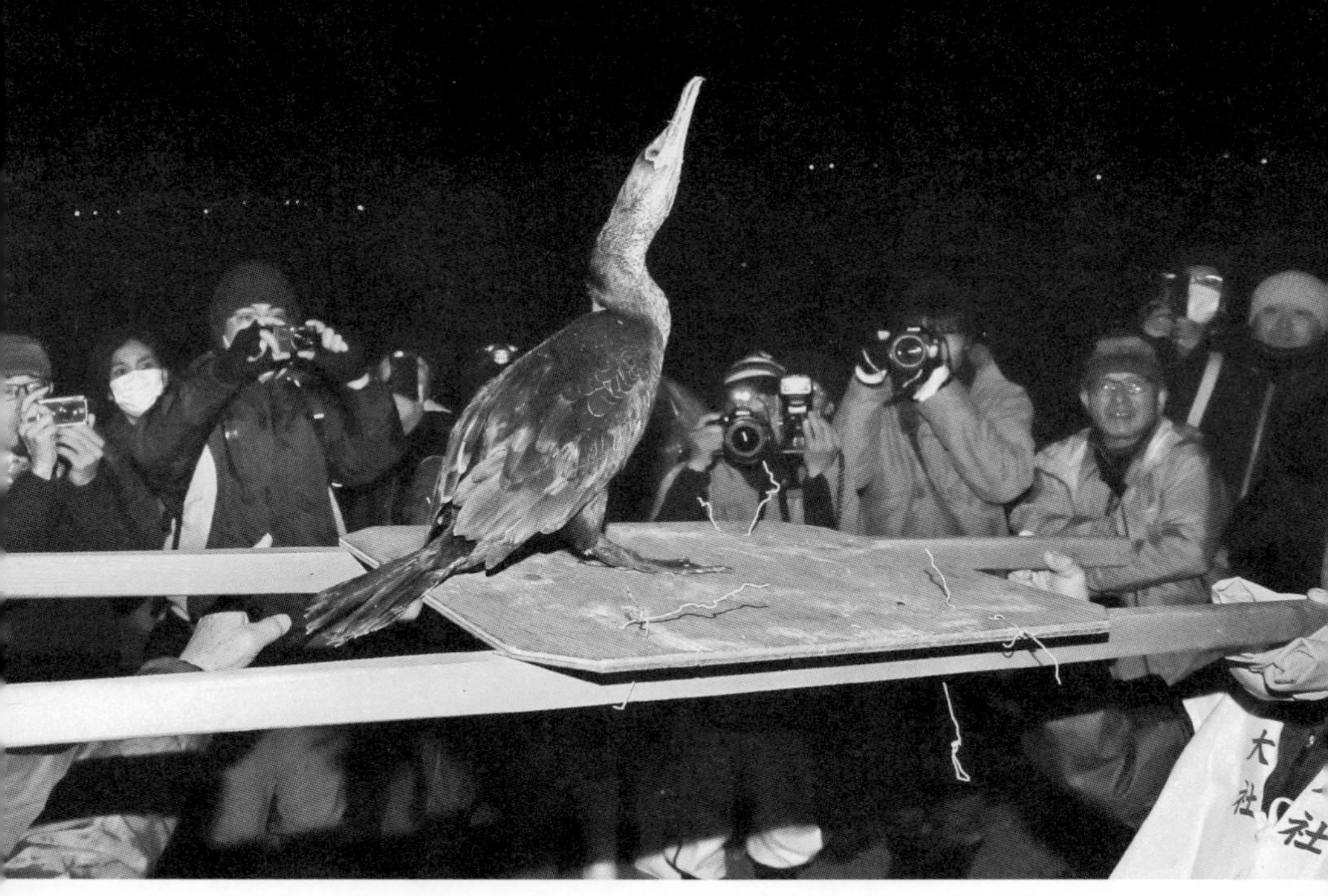

能村研三さんが詠んだ国重要無形民俗文化財「鵜祭」で、大役を終えて放たれる鵜
=2018年12月、羽咋市の一ノ宮海岸

は父祖の地である自分のルーツを探るためであった。また羽咋にある釈迢空、折口信夫(しのぶ)の墓に詣でる旅でもあった。

南風(はえ)吹いて壁紅殻(かべべんがら)の塗師(ぬし)の家　登四郎
能登(のと)瓦雪解(がわらゆきげ)濡(ぬ)れとも見えにけり　研三

平成6年、父とともに輪島に住む「沖」の仲間で塗師である中津正克さんを訪ねた時の句で「塗師の家」の句は、登四郎の即吟で、その場で色紙に揮毫(きごう)した句はいつも塗師の家に掲げられている。

春潮の遠鳴る能登を母郷とす　登四郎

登四郎が平成12年に作った句で、和倉温泉の弁天崎源泉公園に碑が建立されている。
能登和倉が登四郎の祖父和吉の生誕地で能村家の

ゆかりの地でもあることから、「沖」の同人で能登を故郷に持つ天谷多津子さんの計らいで、和倉温泉観光協会、和倉温泉旅館協同組合のトップを務めておられた加賀屋社長(現・代表)の小田禎彦さんを紹介いただき、こちらの思いを伝えたところ両団体により建立していただいたものである。

1両の汽車で氣多大社に

暁闇の冷えを纏ひて神鵜翔つ　研三

私はまだ俳句を始める前の昭和43年、大学1年の時に初めて能登を訪れている。まだ新幹線も通っていない時代で、北陸線の夜行列車で一人、津幡で降りて海沿いの松林を走る1両の汽車に乗って能登一宮で降り、氣多大社を訪れたことを記憶している。父が敬愛する釈迢空の墓に詣でた後、能登一宮の氣多大社を訪れている。この14年前に父が能村家のルーツである能登に惹かれたのと同じように私も大学生になって初めての一人旅の行き先に能登を選んだ。この後、輪島から狼煙の禄剛埼灯台を巡った後、時国家なども訪れている。

「神鵜」の句は、平成27年、氣多大社の鵜祭を詠んだ句で、中能登の鵜宿の道端弘子さんにご案内いただいた。この句は氣多大社境内に句碑が建立されている。

暁闇に大空へ飛び立っていった神鵜と共に、能登半島を襲った地震から一日も早く復興できるよう祈りたい。

(のむら・けんぞう)

◆公益社団法人俳人協会理事長。北國俳壇・富山俳壇選者を務める。羽咋にある「神鵜」句碑の建立では「能登は私の祖先が出たゆかりの地。見守られながら精進していきたい」と抱負を語った。

特集　能登、忘れ得ぬこと

能登半島は沈まず「今は一つ、一つ」前へ

復興を考える

本誌編集室

能登半島を襲った「1・1大震災」で、穏やかな暮らしは激変した。言葉を失うような風景が被災地に広がり、復旧の足取りは遅い。地震以前から、人口減少、少子高齢化の波に洗われてきた地域ではあるが、能登半島が沈んでしまったわけではない。「これから」を、どうしたらいいのか。識者から新しい地域づくりのヒントを探り、復興の姿を考えたい。

崖崩れのため孤立した集落に海岸線を通って物資を運ぶ住民=1月11日、輪島市稲舟町

「堪(こた)えましたわ」

「今回は、さすがに、堪(こた)えましたわ」

かつて相撲で鳴らしたふくよかな顔、眼鏡の奥にはいささか疲労の色がにじんでいた。

穴水町川島、長谷部(はせべ)神社宮司を務める中世史の研究者、東四柳(ひがしよつやなぎ)史明(ふみあき)さん(76)＝金沢学院大名誉教授＝である。1月30日、金沢市内で本誌編集室の取材に応じた。

2007(平成19)年3月25日の能登半島地震でも、穴水では家屋の倒壊が相次いだ。

「あの時はまだ、やれると思ったが、今回は比較にならんほどの被害や。周囲を見ると、みんなやられてしまっとる」

今回の地震で神社は石の鳥居、玉垣が崩れ、自宅の屋根には穴があいた。前回とは比較にならない損傷だ。片付けのために穴水と金沢を行き来して生活している。穴水では散らばったものの片付けに取り組む。腰が痛む、という。

「金沢にいると、2次避難所に身を寄せている被災者の不安が分かる。うち(穴水)のことを考えると気が気でなくなる。ストレスやね」

がれきが周囲に散らばっていないか。雨漏りのする屋内に残された大切なものが破損したり傷ついたりしていないか。

東四柳さんは、災害でふるさとから一時的に離れざるを得なかった人々の不安を代弁した。

能登には高齢の両親を残し、子どもたちは金沢をはじめ東京、大阪の都市部で生活を営むという例も少なくない。

普段なら「こっちに身を寄せたらどうや」という子どもの勧めに耳を貸さない頑固な親世代であっても、今回ばかりは折れざるを得ないのではないかと東四柳さんは話す。家屋が壊れ、水や電気などのライフラインはもちろん道路まで寸断された。しかもいつ再び規模の大きな地震が来るのか分からない、という現実が目の前にある。

復興について思うことを尋ねた。

「今は一つ、一つやね。暮らしてきた能登で人生を全うしたいという気持ち、地元の見知った人々に囲まれて生活したいという人の思いに、どう応えていくかではないでしょうか」

高齢者には、ふるさとの姿が元通りになるまで見届けることができるか、という疑問がどうしても拭えないという。将来の展望を問われた東四柳さんの口はずしりと重かった。

「復興までに3～5年ほどなら、地元にとどまって、なんとかやっていくこともできるでしょう。若者も戻ってくるような魅力ある復興プランがあれば…私は神主という家業ですから、残らなきゃならんけど、さらなる人口減少は避けられんでしょうね」

ネットで「復興ではなく移住」論

深刻な被害が知られるにつれ、インターネットの交流サイト(SNS)には「復興は無理」という意見が現れた。

「今回の復興では、人口が減り、地震前から維持が困難になっていた集落では、復興ではなく移住を選択する事をきちんと組織的に行うべきだと思います。地震は、今後も起(おこ)ります。現在の日本の人口動態で、その全てを旧(きゅう)に復する事は出来ません。現実を見据えた対応をと思います」

新潟県知事を務めた米山隆一衆院議員はX(旧ツイッター)上で1月8日、「非常に言いづらい事ですが」と前置きしてこのように投稿した。

「日本の政治は、この『言いづらい事』を避けてきた」という積極的な評価、「生産性の薄い人間を切り捨ててよい思想と大差ない」という反発が交錯し、閲覧数(インプレッション)は1千万件を超えた。一時は「強制移住」という言葉がXのトレンドに入るほどだった。

ネットの議論とは別に、岡本全勝・元復興庁事務次官は共同通信の取材に対し「被災地の復興については、その場での住宅再建、安全な場所への集団での移転、中心地域に集まって住むコンパクト化などがある。残念なことではあるが、東日本大震災の経験から、高齢層が多い集落を元の姿に戻すのは難しいだろう」（1月8日付北國新聞朝刊）という見通しを示した。「全てを旧に復する」のは困難という指摘だった。

66・7％が「再び自宅の場所に」

とはいえ、能登で暮らしてきた人々が抱く、住み慣れた地域への愛着は強い。

北國新聞社が1月下旬、1次、2次避難所で被災者225人に実施したアンケートによると「自宅または自宅のあった場所に再び住みたいか」との質問に対して、ほぼ3分の2である66・7％が「住みたい」と回答した。石川県外への転出を希望する人はいなかった。

アンケート結果を報じた2月1日付の北國新聞朝刊によると、特に80歳以上の高齢者から強い希望が寄せられた。

「生まれてから一度も地元を離れたことがない。今さらどこへ行けばいいんや」（七尾・80代男性）

「家族は移住してと言うが、生まれ育った土地におりたい」（珠洲・80代女性）

「住みたくない」と答えた11・1％も複雑である。うち38・9％が現在と同じ市町に住むことを希望し、33・3％が石川県内、13・0％が能登を選んでいる。

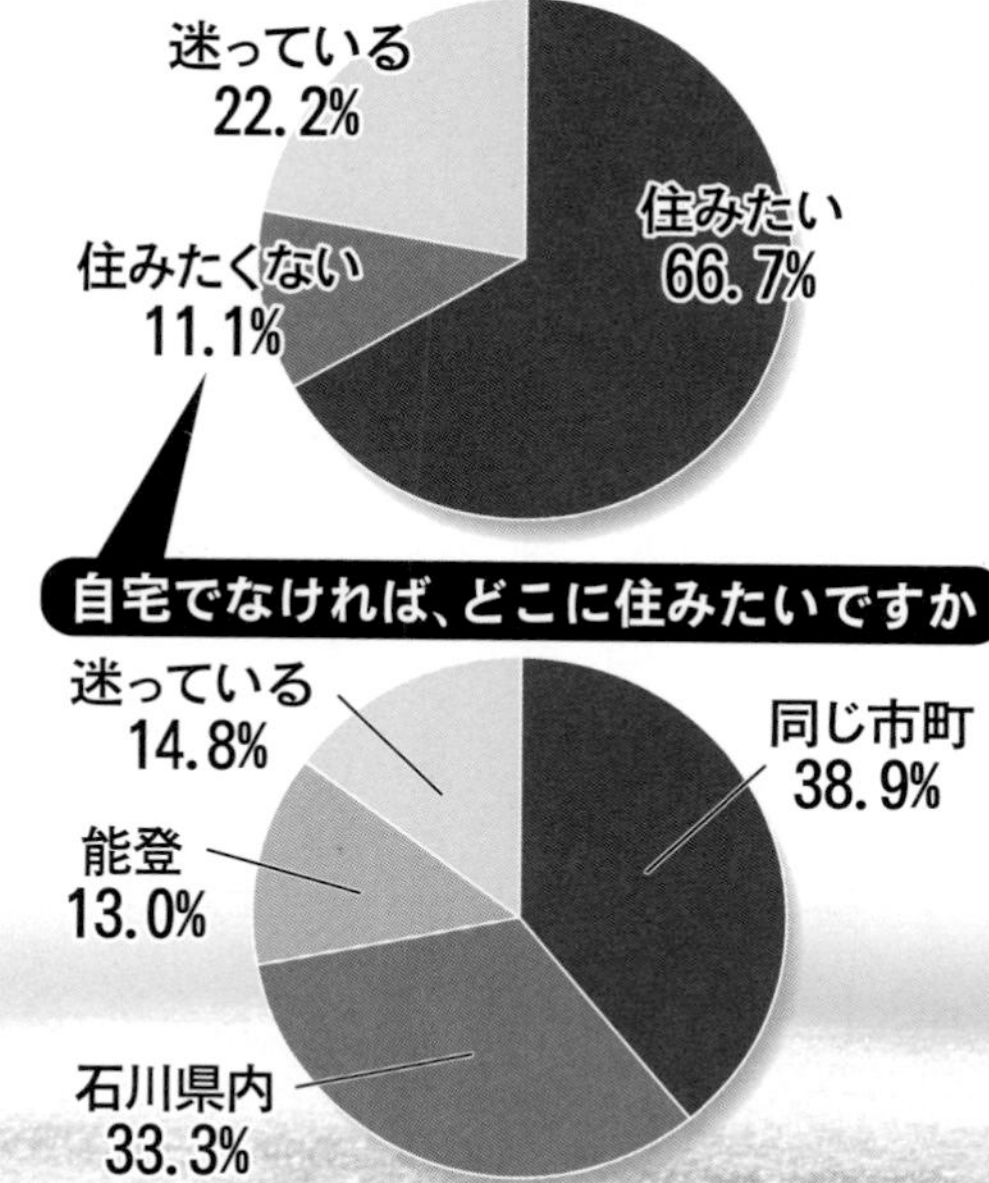

北國新聞社が1月下旬、被災者に実施したアンケート

珠洲市飯田港を襲った津波で転覆した漁船
=1月14日(ドローンから)

見通しは暗くない

この数字をどう見るか。「格差」を研究する社会学者で早大人間科学学術院教授を務める橋本健二さん(64)はアンケートのうち「再び自宅に」という人と「同じ市町」を望む人を合わせると7割に達することに注目する。

「おそらく、迷っているという人の多くは地元に住むことを中心に他の選択肢を検討しているのでしょう。見通しは決して暗いわけではありません」

橋本さんの生まれ故郷は、4メートルを超す津波に襲われた珠洲市飯田町である。「正直申し上げて、この件についてはまだ、考えがまとまりません」としながらも、能登の復興について、本誌編集室に展望の一端を示してくれた。復興のカギは新しい産業の開拓にあるという。

「産業がなければ、人は戻ってくることができず、地域は衰退します。能登の里山里海は世界農業遺産に認定されていますから、農漁業の復興は、世界に約束すべき日本の使命といえます。しかし、ただの復興では長続きしませんから、6次産業化を中心に、外から人が集まってくる新たな発展を目指すべきです」

ただし、成功するか否かは、予断を許さない。もしも失敗すれば、能登と条件が似た人口減少地域に失望が広がる。先の「復興は無理」論が勢いを増すことになる。

都市と周辺、互いに尊重を

「加賀、とくに金沢に住む人々には、ある種の恩返しとして、能登の復興・発展に力を尽くす責任があるように思います」と橋本さんは強調する。背景にあるのは石川県内、能登と加賀の間にある格差である。

「珠洲市で育った私は、中学生のころから、地理的位置は逆ですが、ある種の『南北問題』だと考えてきました。能登は1次産品と労働力の供給源、加賀はその消費地だったからです。これは東京と東北の関係と同じです」

経済的な格差のみではない。「都市部を優れた文化、農村部・周辺部を遅れた文化とみなす、地域差別がしばしば伴う」と橋本さんは踏み込んだ。県規模の地域社会を円滑に成り立たせるためには、都市部と農村部・周辺部、つまり金沢・加賀と能登が互いに尊重し合う関係が求められる。災害からの復興には何よりも欠かせない姿勢だというのは言う間でもない。

橋本さんが述べるように、能登の人々は戦後、流出を重ねた。現在の宝達志水町以北の能登で、最も人口が多かったのは1950(昭和25)年のことで、35万人だった。高度経済成長、バブル経済、平成以降の低成長を通じて人口は減少を続けてきた。2023(令和5)年9月現在の統計によると、人口は17万人弱。最盛期の半分以下だ。

「今回の地震で、能登から出て行く人がいるのは避けられない。住む場所を失った以上『出て行くのをやめて』とは到底、言えない。それでも一

金沢には恩返しの責任ある

方では、『残る』という人も少なからずいる。少数精鋭でも、残った方々をサポートしていく態勢が大切になると思います」

東洋大副学長を務める地域社会学者の髙橋一男さん（68）は本誌編集室の電話取材にこう強調した。

髙橋さんは2012（平成24）年から、「能登ゼミ」と銘打ち志賀町鵜野屋（うのや）、同町地保（じほ）を拠点に、10～15人の学生を1週間から10日間ほど送り出してきた。少子高齢化や人口減少による地域課題解決を学び、実践する場としてきた。新型コロナの流行期は見送ったものの、23年9月には、「能登ゼミ」の学生や卒業生、オーストラリアの大学生ら総勢64人が地区に集結し、神輿（みこし）を担いだ。

「能登ゼミ」のメンバーが参加して執り行われた祭礼
=2023年9月2日、志賀町鵜野屋

地域ごとに動く

地震発生を受け、髙橋さんは1月下旬に鵜野屋、地保地区を訪ねた。家屋が倒壊したため、集落の住民が作業場に身を寄せ、ストーブを囲んで暖を取り、井戸水を頼りに飲食する被災者の様子を目の当たりにした。

「情報や行動を共有する近所の皆さんがまとまって動くことが大切です。農漁村なら集落、人口が集中している所なら町内会などの単位で、これ

従来からの共同体維持が大切

からの地域づくりを考えていくことが大切です」と髙橋さんは語る。

阪神淡路大震災や東日本大震災では、ふるさとから個別に避難した被災者が、なじみのない隣近所に戸惑う事例があった。避難にせよ現在地での復興にせよ、従来からの共同体を維持していく意義は大きいとしている。

髙橋さんは、能登定住・交流機構理事長を務めた輪島市門前町の星野正光さん（２０１８年死去）が忘れられないという。豆腐店を営みながら、仲間と東京・銀座で居酒屋「のとだらぼち」を開店、首都圏での能登ファンづくりに取り組んだ先達である。

「星野さんは『能登の魅力は自然と人だ』と話していました。今回の震災を見たら『少しずつ、仲間と乗り越えていけばいい』と言うんじゃないかなって。時間を掛ければ直ると。決して能登は地域資源を失ったわけではない。人と自然に恵まれた能登の魅力を見失ってはいけない」

髙橋さんは3月末で東洋大副学長を退任するが、新たな目標ができた。

「被災地支援、地域づくり、そして次世代の人材育成や国際交流を目的にして能登のために志を一つにしたＮＰＯ法人を立ち上げたい。特にお世話になった鵜野屋、地保など富来地域をはじめとして中能登地区、奥能登地区を支えたい」。こうした構想そのものが、能登復興の力になっていくだろう。

復興過程を観光資源に

本誌巻頭で紹介した奥能登の風光明媚な風景は多くの観光客を魅了してきた。観光地域経営を専

輪島市町野町金蔵の棚田。90人が暮らしていた集落の人口は2月1日時点で14人になった=1月21日

語り部の養成が必要

門とする北陸先端科技大学院大教授の敷田麻実（しきだあさみ）さん(63)=加賀市出身=は「復興プロセスを新しい観光資源にしていく考え方が必要ではないか」と説く。

敷田さんによると、観光とは「観光資源」と「観光施設」が組み合わさってはじめて成り立つ。能登半島地震によって、窓岩、見附島などの「資源」、道の駅や旅館といった「施設」の両方が大きく傷ついた。

「それでも、これまでの観光資源には、大きな意味が付いている。こうした心の風景を伝える『語り部』の養成が観光面での復興には欠かせない」と指摘する。「語り部」には地域の人が大切に思い、ずっと維持していた風景を、訪れる人に伝える役割がある。「地域の人々が誇りを持っていることを再発見して、復興していく。その試み

被災した珠洲市宝立町南黒丸の集落の向こうに姿を現した北アルプスの稜線=1月30日

自体が物語になり、新しい観光資源になる」と説く。

近年の観光は、テーマパークで「楽しさ」を味わうのではなく、登山のように苦しい思いをしながらも達成感や癒やしを得るということに意味が変わってきた。

敷田さんはかねてから能登の観光戦略について、「過疎や高齢化といったネガティブ要素であっても、説明の仕方で魅力にすることができる」と主張してきた。大規模な今回の災害は、地域が本当に大切にしてきたものを「棚卸し」して、住民が再発見する機会でもある。

農地と人々との関わりを示す棚田や、今回の地震で外部との連絡がつかなくなった「孤立集落」にしても、「自然環境と一体になった暮らし自体が観光資源」として前向きに捉えることも可能である。

敷田さんが２０２３年に共著で刊行した『移動縁が変える地域社会』（水曜社）で提言した「移動縁」という考え方を大切にしたいという。都市や農村というような枠組みを超える「移動者」によって作られる新しい社会の仕組みである。

これまでの過疎地や人口減少地域では、問題解決能力を持った即戦力の人材が歓迎される傾向にあった。敷田さんはそれだけではなく、より幅広く「地域に関心を持つ人」と縁を結ぶことを促している。「今、能登の各地に手伝いに来ているボランティアの方との縁をこれから大切にしていく必要があるのではないか」と敷田さんは話す。「移動してくる人」に対して開かれた地域づくりを指向するべきだと強調した。

文化財の救出図る

冒頭の東四柳さんは現在、能登の文化財保護に尽力している。家屋倒壊によって、各家に伝わる古文書やさまざまな美術工芸品が震災ごみに紛れるなど散逸する危機にあるためだ。

「地元の文化財は、できるだけ地元にあることが望ましい。誇りを持って復興に向かっていく力になる」

東四柳さんは宝達志水町以北の9市町で構成する「能登文化財保護連絡協議会」の会長であり、文化庁や石川県教委の協力で「レスキュー隊」の現地派遣を進めている。

文化財は、足元にある能登の歴史の豊かさを示すとともに、人々がこの土地で生きてきた営みを

北 國 新 聞　2024年（令和6年）1月26日（金曜日）　第47006号【日刊】

北國新聞
2024年（令和6年）
1月26日（金）
発行所 北國新聞社
〒920-8588
金沢市南町2番1号
番号案内(076)263-2111
富山本社 番号案内(076)491-8111
〒930-8520 富山市大手町5番1号
©北國新聞社 2024年
https://www.hokkoku.co.jp/

能登の文化財 保全へ

官民で救出、修復、保管

来月中に被害状況把握

9市町の連絡協

能登半島地震の被災地で文化財がなくなったり、廃棄されたりするのを防ぐため、能登の自治体が保全活動に乗りだす。宝達志水町以北の9市町で組織する「能登文化財保護連絡協議会」が中心となり、国や石川県、民間事業者とも連携。まずは2月末を目標に各市町の被害状況を把握し、「救出」「修復」「保管」を段階的に実施する。

「震災ごみと捨てないで」

25日、七尾市内で開かれた能登文化財保護連絡協議会の理事会で方針を決定した。輪島、珠洲両市を除く7市町と県教委の担当者約20人が出席し、文化財保護に向けて議論。倒壊家屋からの文化財搬出や保管場所・修復に関しては、民間による相談窓口を設けることに決めた。

協議会によると、大規模な震災が発生した後は文化財の散逸や廃棄リスクが高まる。例えば、所持者が震災がれきと一緒に処分してしまうなどのケースが想定されるため、早期の対応が必要と判断した。

理事会では、会長の東四柳史明氏（金沢学院大名誉教授）が1日の地震について「2007年の能登半島地震の被害とは比べものにならない」と指摘。各市町の担当者が文化財の被害状況を報告した。建造物や仏像、石造物の損壊が目立ち、被害は現時点で判明している分だけで七尾39件、穴水15件、中能登12件などとなった。

羽咋市の担当者は「戦前の農具が震災ごみと一緒に捨てられた事例があった」と説明した。協議会によると、未指定の古文書や美術工芸品、民具などにも歴史資料的な価値があり、家屋や蔵を解体する際に安易に捨てないよう呼び掛けを進める。

1.1大震災 26日目

輪島も震度7 元日

気象庁は25日、最大震度7（マグニチュード＝M7・6）の能登半島地震で、輪島市も震度7だったと発表した。1日の発生時に通信が途絶し、震度が未入電だった観測点のデータを確認し、判明した。震度7は志賀町とともに2カ所となった。この観測点「輪島市門前町走出」は、輪島市西部にある。

推計震度分布図では七尾市・能登島のごく一部も震度7と推定されているが、震度計が設置されていないため、推定にとどまるという。

能登文化財保護連絡協議会の活動開始を報じる
1月26日付北國新聞朝刊

復興を考える

示す証人でもある。2月9日の意見交換会で東四柳さんは「文化遺産を残さないと真の復興ではない」と述べた。

懸念は、目に見えない無形文化財への影響である。「祭礼など、目に見えないものがなくなっていく可能性は大きい。人がいてはじめて成り立つわけですから。時間がたってから気づかされることがあるのではないか」とする。

無形のものは多岐に及ぶ。国連教育科学文化機関の無形文化遺産となっている「あえのこと」「アマメハギ」「青柏祭」も例外ではない。継続した目配りが欠かせないという。

蒔絵を再開

輪島で連綿と受け継がれてきた漆芸の技も試練に立つが、担い手はくじけない。

昨年の日本伝統工芸展で第70回記念賞を受けた漆芸家の鬼平慶司さん（50）＝輪島市二勢町＝は2月中旬までに制作を再開させた。日々の生活に追われる中でも、少しでも時間を作って蒔絵の作業に打ち込むようにしている。古い仕事場は雨漏りがするようになった。水道が復旧しない中、給水車の水が頼りだ。

「復興などというような、大きなことは分かりません。制限のある暮らしの中でも、ひとりの作り手として自分はものづくりをし続ける。一日一日を大切にして過ごすことが復興への道じゃないかなと思います」

編集室による電話取材の間にも、余震があった。動じない口調に漆人の矜持がにじんだ。

「復興」の2文字は、まだ遠すぎる言葉かもしれない。しかし、能登半島は多くの人々とともに在り続けている。そして能登人は前へ歩を刻もうとしている。背中を押す一層の力を能登の外から届けることが必要である。

小説 十字路

出崎　哲弥

19世紀後半の米国。明治政府に派遣され、留学生として師範学校で学ぶ相沢修平は、作曲家フォスターの死に関心を抱いた。黒人と白人の音楽を交差させた大作曲家の最期には、どうやら不可解な謎がある。前号に引き続き、日本音楽教育の父・伊沢修二を主人公のモデルにした出崎哲弥氏（七尾市在住）の小説を掲載する。

19世紀の米国を代表する作曲家、スティーブン・コリンズ・フォスター（1826～64年）。黒人奴隷の音楽を作品に取り入れたことで知られる

十字路（下）

ニューヨーク・バワリー街の裏通りに名前だけは立派な安宿《アメリカンホテル》がある。

一八六四年一月十日暁のことだという——

物音で客室係の女性が異変に気づいた。部屋の床に倒れたフォスターを発見した。備えつけの陶製洗面器が割れて破片が血にまみれている。宿は近所の医師を呼びに使いを走らせた。あわせて近くに住む作詞家のジョージ・クーパーにも知らせた。フォスターの親友としてクーパーはたびたび宿を訪れていた。医師より先に駆けつけたクーパーは驚く。フォスターは上半身裸で額にひどい打撲傷を負っていた。さらに喉の切り傷から大量の血を流している。瞳の動きで意識があると辛うじてわかった。

【登場人物紹介】

相沢修平…信州高遠藩出身、26歳の派遣留学生。教員養成法調査のためマサチューセッツ州の師範学校で学ぶ。

ルーサー・ホワイティング・メーソン…ボストンに暮らす56歳の白人音楽教師。唱歌教育の第一人者。修平に音楽を教えている。

マイルス・ムーア…修平と同い年の黒人青年。南北戦争では鼓手として従軍した。教師になるのが夢。

緒方正智…修平ら留学生を監督する米国駐在員。

相沢千代…修平の妻。

「誰にやられたんだ」

クーパーは呼びかけた。彼の目には誰かに暴行を受けたようにしか見えなかった。

「……やっちまった」

フォスターは息も絶えだえにそれだけ答えた。そこへ医師が到着した。数日前にもフォスター

十字路（下）

を診察していると医師は明かした。その時は内腿(うちもも)を火傷(やけど)したフォスター自身が診療所を訪れたという。患部はひどくただれていた。部屋で湯沸し用のアルコールランプを割ってしまった。そうフォスターは説明したらしい。

大きく裂けた喉を医師が縫いはじめた。その糸が黒い。

「白い糸はないんですか」

クーパーは訊(き)いた。医師は「ない」と素気なく答えてそのまま縫ってしまった。

医師の態度がクーパーにはあまりにもおざなりに思えた。彼は階下へラム酒を取りにいった。フォスターは普段からラム酒を好んで飲んでいた。鎮痛薬代わりにでもなればという考えがクーパーにはあった。ビンから直接、飲ませられるだけ飲ませた。医師は見て見ぬふりをしていた。フォスターの表情はひとまず安らかになった。

警察の車でフォスターはベレビュー病院へと運ばれた。食事も受けつけないまま衰弱が進んだ。三日後、病院を見舞ったクーパーは地下の霊安室に案内された。

ズボンのポケットには小さな財布が入っていた。中身は硬貨のみ三十八セント——それが彼の全財産——と四つ折にした一枚の紙片。本人の筆跡で〈Dear Friends & Gentle Hearts（親愛なる友と優しき心）〉と書かれていた……。

ここまで語るとメーソンは深く息をついた。

「落ちぶれたフォスターは、貧しさのうち、酒に溺れて、孤独な死を迎えた。十二年経った今、この国では、それが定説になりつつある。シューヘイも同じように受けとめたかね」

「そうですね。表面だけなら。ただ、引っかかることも少々。それが先生のおっしゃる『謎』な

のかどうかわかりませんが」

「たとえば？」

「フォスターがたった三十八セントしか持っていなかったというところですかね。そんなに作曲家は儲からない職業ですか」

『オー、スザンナ』をはじめ、初期の曲は楽譜を出版社に売って、それっきりだ。だからあまり収入にはならなかった。しかし、その後は印税の契約をしっかり結んだ。ニューヨーク時代、クーパーがフォスターに収入を訊いたことがあるそうだ。一年に千五百ドル※は稼ぐと答えたらしい。出版社の記録もそれを裏づけている」

「ほう、十分な金額ですよね。なら浪費家だったとか」

「いや、暮らしぶりは質素だった。遺品といえそうなものも、ひとそろいの衣服以外ない」

「変ですね」


修平は顎に手をやった。メーソンがうなずいた。

「おまけに出版社からは前借りまでしている。かなりの金額を。妻子に仕送りをしていたわけでもない。はたして何に使ったのやら」

「いよいよ謎ですか」

「まだある。次は怪我の原因だ。先の火傷も含めて、数日の間に二度までも」

「それは酒に酔って、なのでしょう」

「これもクーパーの証言だが、フォスターが酩酊した姿を一度も見たことがないそうだ。部屋で倒れたときも、決して酔ってはいなかったのだと。クーパーが飲ませた大量のラム酒から、泥酔による事故と誤って伝わったんだろう」

「すると、それも謎ということに？」

「そう。最後は財布の中の紙片。あの言葉だ」

「Dear Friends & Gentle Heartsでしたっけ。たしかに意味があるような、ないような……。曲名

※現在の日本円で約450万円。

か、歌詞ですかね」

「私も最初そう思った。ただ、フォスター作品には、そんな曲名も歌詞もない。曲の構想メモとでも考えるべきか」

「言葉は、どう書かれていたのでしょう」

「どう、とは」

「ちょっと気になって。紙の上にどんな風に並んでいたのかと。日本には判じ物といって、絵や文字に別な意味を隠す遊びがあるんです」

「ハンジモノ……ああ、一種の暗号か。そういえば一風変わった書き方かもしれない。文字は正方形の紙の、辺に沿って鉤形に、こう」

　メーソンは手元の紙に正方形を書いて文字を並べてみせた。上辺に〈Dear Friends〉。角に小さく〈&〉。九十度回して続く右辺に〈Gentle Hearts〉と。

　修平は腕組みをして文字を見つめた。気づくとメーソンも同じ姿勢を取っていた。

＊

　この年七月四日の独立記念日を合衆国は例年に倍して盛大に祝った。ちょうど百周年と聞けば日本人の修平でさえも晴れやかな気分になった。

　フィラデルフィアでは「米国独立百年記念万国博覧会」が開催されていた。日本館も設けられて工芸品の評判が上々だと聞く。日本から文部省の一行が視察に訪れた。修平は緒方正智に通訳を兼ねて随行を求められた。

　広大な敷地に二百五十もの各国館が点在する。中央に八万平米の床面積をもつ鋳鉄構造の本館がそびえたつ。内部の展示は三分の一をアメリカが占める。

　その一画にマサチューセッツ州の教育展示物が並んでいた。修平は一枚の掛け図に目を留めた。

人間の口の断面図。そこにギリシャ文字のような記号が何種類も置かれている。各記号の解説には「声門を狭く」「舌の裏を高く」……とある。あの「視話法」を表していると見てとれた。

「アレキサンダー・グラハム・ベル博士が、デフスクール用に考案した発声指導法です」

気を利かせたのか係員の男性が説明してきた。

「そのようですね」

「この博覧会では、博士のもう一つの発明『テレフォン』が、話題の的になっていますよ」

「テレフォン？」

「遠く離れた場所にいる人どうしが会話できる機械なんです」

「はぁ？」

夢物語としか思えない。

（視話法といい、テレフォンといい、ベル博士とはいったい何者なのだろう）


修平はますます興味をひかれた。

マイルスとの縁もある。何としても会うべき人物に思えてきた。マイルスが通っているという火曜を待ってボストン・デフスクールへ出かけた。

事務室で応対した婦人に修平は名乗った。友人のマイルスを訪ねてきたと告げた。婦人は向かいの清楚(せいそ)な女性に手で合図を送った。

「メーベル。マイルスに、お友達の、ミスター・アイザワが、来ていると、伝えて、ちょうだい」

言葉を区切ってゆっくり話す。

相手の耳が不自由なのだと修平は察した。メーベルと呼ばれた女性は一語一語にうなずく。唇の動きから言葉を読みとっているのだろう。

「わかりました。たぶん遊戯室ですね」

そう答えて出ていく。発音には非の打ち所がない。結いあげたブロンドの後ろ髪をあ然と修平は

十字路（下）

見おくった。しばらくしてメーベルはマイルスを伴って戻ってきた。つややかに微笑むと自席へついた。

「オー、シューヘイ、お久しぶりです」

マイルスは両手で修平の手を握ってきた。

「フィラデルフィアの万博で視話法の掛け図を見たんです。それで思いたって」

「もしかして、あなたも訛りの矯正を？」

「そのつもりまではなかったんですが、ついさっき考えが変わりました」

「ん」

「あのメーベルさんです」

「えっ、シューヘイ待ってください。あの人はダメですよ。ベル博士の婚約者ですから」

うろたえた様子でマイルスが囁いた。

「ハハ、そういう意味じゃありません。だいたい私には妻がいます。メーベルさんの発音に驚いたんです」

「アウッ、そうでしたか」

マイルスは頭を掻いた。

「彼女の発音が視話法の成果なんですね。しかもマイルス、あなたの発音も、随分きれいになっているじゃないですか」

「良くなっていますか。それはうれしいな」

「だから私の日本訛りもぜひ矯正してもらいたい。そう思いました」

「いい考えです。さっそくベル博士に」

マイルスは修平の手を引っぱった。

遊戯室には十歳に満たないくらいの子どもが十数人いた。思いおもいに絵本を読んだり積み木遊びや人形遊びをしたりしている。一人の男児がマイルスに駆けよった。太い腕にしがみつく。あとに続く修平に気づくと物珍しそうに見あげた。

ひょろっとした白人青年が近づいてくる。黒い

クセ毛はあちこちハネている。もみあげから達磨(だるま)のような髭(ひげ)が続く。

「ベル博士、私の友人、日本人のシューヘイ・アイザワです」

マイルスが簡単に紹介した。「ようこそ」とベルから右手が差し出された。

「万国博覧会で、視話法の掛け図とテレフォンの機械を拝見しました。残念ながらテレフォンは見ただけで終わりましたが」

そう修平は伝えた。

「テレフォンなら、私の実験室へ来ればいくらでも試せます。日本語でもちゃんと伝わるかどうか、興味があります。よろしければ実験にご協力を。初めて使う日本人になってもらえますか」

「光栄です。こちらこそお願いします。それにしても、すばらしい発明ですよね。博士はあの発想をどこから」

「そこは秘密です。フフ、というのは冗談。どうぞこちらへ」

ベルは修平をグランドピアノのそばへ案内した。「屋根」を開いて突きあげ棒で支えた。

「音は振動です。私がここで正しくC(ド)の音で声を出すと、Cのワイヤーが鳴るんですよ。ひとつやってみせましょう」

「屋根」の下へ頭を入れてベルは「C――」と張りのある声を伸ばした。修平は耳を近づけた。たしかにワイヤーが共鳴している。

「ね。この仕組みを応用しています」

「ほう、声の振動を電気で伝えるわけですか」

感心しながら修平は別な疑問を抱いた。

「あの、博士、なぜここにピアノがあるのでしょう。そのほかにも」

ピアノのかたわらには大太鼓、小太鼓もある。

「デフスクールなのに、ということですね」

十字路（下）

ベルの目が笑っている。

「ええ、まあ」

「この子たちは、ちゃんと音を聴くんです。耳ではなく、身体でね」

ベルがマイルスとすばやく視線を交わした。

「シューヘイ、私が大太鼓を叩きます。そうだ、あなたは小太鼓を叩いてください。マーチのリズムでいきましょう」

バチを握ったマイルスに言われるまま修平は小太鼓を装着した。二人の姿を見て子どもたちが集まってきた。

ある子は床に腹ばいになった。またある子は靴を脱いで裸足（はだし）になった。どの子も心得ているように映る。

マイルスが基本のリズムを『ドン、ドン、ドン、ドンドンドン……』と打ち鳴らした。子どもたちは「キャー」と大喜びした。ひと打ちごとにビクンビクンと反応する。裸足の子は跳ねあがる。驚きながら修平はスティックを振りはじめた。五つ叩（たたき）、五つ叩、エン・テイ、エン・テイ………。腹ばいの子どもたちは手足を細かくばたつかせた。マイルスの大太鼓に合わせる子、修平の小太鼓に合わせる子。「アー」「ヤー」と合いの手のような声もあがる。そこへベルがピアノで明るい曲を重ねてきた。見事な腕前に修平は舌を巻いた。子どもたちの声は高く、低く、もはや歌としかいえないものに変わっていく。どの子も顔を真っ赤にして声を出す。みんな笑っている。修平も笑った。笑いながら胸を熱くしていた。

＊

「音楽には、不思議な力がありますね」

ボストンからの帰り、修平はマイルスにしみじみ言った。

「ええシューヘイ、特に子どもたちは、その力を素直に感じ取ります」

マイルスがうれしそうに返した。

「よくわかりました。今日は行ってよかったです」

「今度また演奏しましょう。あの子たちも楽しみにしています」

マイルスは「ところで」と切り出した。

「シューヘイ、私の家へ寄っていきませんか」

「いいんですか。よろこんで」

下町で両親との三人暮らしだとマイルスは話した。妹がいるが昨年隣町へ嫁いだという。

長屋の一軒へと案内された。ターバンを巻いた母のマーサが前掛けで手を拭きふき出てきた。その後ろから肌着に作業ズボンの父ハリーが顔を覗(のぞ)かせる。息子が連れかえった珍客に二人とも玄関で固まった。


「シューヘイは同い年のドラム仲間なんだ。彼も日本で軍楽隊の鼓手をしていたんだよ。英語はペラペラ。ナイスガイだから、パパもママも安心して」

息子の説明に両親は「オゥ」「オゥ」と声を発しては表情を和らげた。見た目からしておおらかな似たもの夫婦らしい。四人で夕食を囲もうと修平を笑顔で招き入れた。

香辛料の効いた蒸し鶏、葉物野菜の煮物、豆のスープ、コーンブレッド。素朴でつつましいが家庭料理だけが持つ温かみがあった。ハリーもマーサも日本の生活に興味を示した。夫婦の繰り出す質問に答えながら修平は料理を平らげた。

「どうでしたか。南部の味つけなんです。父も母も南部出身ですから」

マイルスが心配そうに尋ねた。

「とてもおいしかったです。あの、南部出身と

十字路（下）

いうと、ご両親は」

「奴隷でした。父はルイジアナ州、ニューオリンズの砂糖きび畑、母はミシシッピ州、クラークスデイルの棉花畑で。二人とも逃げてきたんです」

マイルスは「ね」と両親を見た。コクリと二人はうなずいた。

およそ四半世紀前、ハリーとマーサはそれぞれ北部の自由州へ逃亡した。そこで出会って一八四九年に結婚したのだという。

「私は『アンクルトムの小屋』をちょうど読んでいるところです」

修平が言うとマイルスは親指をぐいと立てた。

「それはいい。私も読みましたよ。父も母も文字がほとんど読めません。私が聞かせてあげました」

「人間が競りに掛けられたり、鎖につながれたり、牛や馬のように鞭打たれたり。あれは、大げさに描かれているんじゃないんですよね」

「ノー！」

夫婦が同時に目を剥いた。

「あの通り、いやもっとひどい」

ハリーが訛りの強い発音で訴えた。

「決して疑ったわけではないんです。すみません」

修平は頭をさげた。

「あまりに非道で信じられない、とシューヘイは言いたかったんでしょう」

マイルスが穏やかに言った。

「ええ、改めて怒りを覚えます」

「奴隷状態から自由になるには、逃げるか死ぬしかありません。逃亡奴隷と同じくらい自殺する奴隷も多かったそうです」

「逃亡といっても簡単にいかないのでは？」

「命がけ、です」

マーサの声は震えていた。

「地下鉄道の助けがなければ、間違いなく追っ手に捕まっていただろうな」

ハリーがそう言ってマーサの拳を大きな掌（てのひら）で包んだ。

「何です、その地下鉄道というのは」

修平はハリーに尋ねた。

「秘密の組織があったんだ。奴隷を北部の自由州まで逃がすための」

「本当の鉄道ではなくて？」

「ああ。土地土地で匿（かくま）ってくれる人物が『駅長』。その家が『駅』。案内役は『車掌』で、支援者は『従業員』と呼ばれていた。中には白人も。いや、黒人、白人関係なく協力を」

「なるほど、それで鉄道、と」

「オハイオ川を渡れば自由州。そこまでは地下鉄道だけが頼みの綱だ」

「オハイオ川。どうやって対岸へ」

「私は船に乗せてもらってシンシナティへ渡った。妻は冬、凍った川面を歩いて」

「シンシナティへ……」

オハイオ川、船、シンシナティ。メーソンの話を思いおこせと言われているように修平は感じた。

（フォスターは、兄ダニングが経営するシンシナティの船会社で働いていた）

「シンシナティは地下鉄道の拠点になっていたようだ」

「自由州に入ってからも、さらに北へ？」

「その方がより安全だろ。マサチューセッツまでひたすら逃げた。そこで妻と」

ハリーはマーサと見つめあった。

「そして、マイルスが生まれたわけですね」

「そうなんだが、じつはマイルスはカナダ生まれでね」

「え、カナダ？」

ハリーの言葉を聞き誤ったのかと修平は思った。マイルスに目で確かめた。

「両親が結婚して間もなく、逃亡奴隷法が出されたんです。たとえ北部の自由州にいても、逃亡奴隷は逮捕される。強制的に所有者のもとへ送りかえされる。そんな法律です」

「一大事じゃないですか」

「逃亡奴隷は混乱に陥ったみたいです」

「それでカナダへ」

「父たちは集団で逃げたのです。まるで旧約聖書、ユダヤの民のように」

「私のお腹には、もうマイルスがいました」

苦しげな表情でマーサがつけ足した。

「そしてリンカーンの奴隷解放宣言で戻ってきた。そういうわけですね」

「はい、妹も入れて四人で。一八六三年の春。私が十二歳のときです」

マイルスが遠い目をした。

（十二歳……何をしていただろう）

修平は自身を振りかえった。その頃は高遠藩の設立した藩校「進徳館」で学んでいた。

マイルス少年は翌年黒人部隊へ入って鼓手に、修平もまた鼓手になった。そんな二人の歩いてきた道が今交わっている。不思議な思いにとらわれた。

『黒人の音楽と白人の音楽を交差させて……』

――メーソンがフォスターについて語った言葉。それが甦った。フォスターの「謎」につながる何かがぼんやり浮かびあがってきている気がした。もどかしい思いで修平は考えを巡らせた。

（何だ……フォスター）

「フォスターがどうしました」

訝しげにマイルスが訊いてきた。

「は？」

「今シューヘイが自分で『フォスター』と」

無意識に呟いていたのだと修平は知った。

「いえ、なんでもありません。……あ、フォスターのことをどう思いますか」

ふと思いなおして尋ねてみた。唐突な質問に親子がきょとんと顔を見合わせる。

「その、じつはこちらで歌を習う中で、フォスターに興味を持ったんです」

「うん、フォスターの曲には魅力があります。ただ……」

マイルスは言いよどんだ。

「ミンストレルソング※を認める気持ちにはなれない、私たちは。わかるかね」

ハリーが低い声で引きとった。

「はい。ミンストレルショーが差別的だったことは明らかですから」

「そうだ。フォスターは、小器用に黒人風の味つけをした詞や曲をこしらえた。北部に身を置いたままで。だから彼のミンストレルソングは、まがい物だ。南部へ行かなければ、黒人を真に知ることはできない。南部、それもニューオーリンズ！　そうだ、見えない教会……」

最後は独り言のように聞こえた。

「見えない教会？」

何を指しているのか修平には見当もつかない。マイルスも初耳といった顔をしている。

「……あ、いや、南部を出た人間がベラベラしゃべるようなことではなかった。つい興奮して。すまん、忘れてくれ」

それきりハリーは口をつぐんだ。「見えない教会」の意味を息子が訊いても答えようとはしなかった。

※ミンストレルソング、ミンストレルショー…南北戦争前、白人が顔を靴墨で塗るなど黒人に扮して差別的に披露していた歌や踊り、寸劇。

十字路（下）

ニューヨークへ出る前にフォスターはニューオリンズへ旅している。ハリーはそのことを知らないのかもしれない。

たとえ教えたとしてもどうだろうか。フォスターのミンストレルソングは南部行きのずっと以前に作られている。ハリーの評価が変わることはないだろう。

ハリーは言った。ニューオリンズへ行かなければ黒人を真に知ることはできない、と。ならばフォスターがニューオリンズを目指した理由はそこにあったのではないか。修平は確信めいた思いをもった。

（現地で、彼が「見えない教会」について何かを知ったのだとしたら……）

「行ってみたい」

ぽつりとマイルスが洩らした。心を読まれたのかと修平は目を瞬いた。

＊

蒸気機関の吐き出す煙が青空に溶けていく。外輪のあげる水しぶきに虹が架かる。修平はマイルスと甲板で風を受けていた。一年前、アメリカへ渡る船が横浜港から外洋へ出たときの感覚が重なる。直後に修平はひとり首を振った。今目の前に広がるのは海ではない。オハイオ川がやっと本流のミシシッピ川に合流したにすぎない。船はここから大河を南下、ニューオリンズへと向かう。

南部への旅にメーソンは懸念を示した。安全を保証できないのだという。

「奴隷制度をずっと支持してきた差別主義者たちがいる。彼らは南北戦争後、各地で秘密結社を作った。たとえば、ＫＫＫ」

「ＫＫＫ？」

「ケルト語で『騎士団』を表すクー・クラック

ス・クランの頭文字を取ったものだ。そろいの白い頭巾、白いガウンを纏って、集団で黒人を威嚇した。それだけでなく、暴力を振るったり、家に火をつけたり」

「なんてことを」

「取り締まりでＫＫＫはひとまず姿を消したが、残党は暗躍している。南部では白人によるリンチがあとを絶たないと聞く。黒人はもちろん、時には黄色人種や平等主義の白人に対しても」

メーソンの警告に修平はひと晩迷った。

（おれはサムライだった）

最後はそう己を奮いたたせた。

マイルスも両親の反対を押しきって旅に臨んでいる。彼には彼なりの目的がある。両親が奴隷として過ごした南部を一度見ておきたい。そんな思いが以前から強かったのだと出発前修平に打ちあけた。シンシナティで船に乗りこむ際には感慨深げに対岸を眺めていた。

ミシシッピ川河口のニューオリンズは蒸し暑さからして異国めく。港から続く街には原色が溢れる。行きかう黒人の数はボストン近辺とは比べ物にならないほど多い。

街を出ると延々砂糖きび畑が広がる。畑越しに欧風の大邸宅と『アンクル・トム』を連想させる粗末な小屋が見える。対比が南部を象徴しているように思えた。

修平とマイルスが連れだって歩く姿は目を引くのだろう。侮蔑の表情を露骨に浮かべてすれ違う白人がいる。『イエローアンドブラック』と嘲る声も聞いた。あやうく唾を吐きかけられそうになったことも一度や二度ではない。

ともに目指す「見えない教会」を求めて二人で街をさまよう。マイルスが手当たりしだい黒人に

十字路（下）

尋ねる。いずれも鈍い反応しか返ってこない。

町はずれまで来た。道ばたにうずくまる老人からやっと手がかりを得た。

「それは、ブードゥーのことだ」

「ブードゥーとは」

「ブードゥーは、ブードゥーだ。祖先から伝わる、わしらの」

要領を得ない老人の話から何とかブードゥーの意味を理解した。ブードゥーは一種の土俗宗教らしい。白人から押しつけられたキリスト教とは別に奴隷たちは密かにブードゥーを信仰した。南北戦争以前、ブードゥーの儀式へ出かける黒人奴隷は「見えない教会へ行く」と隠語で表したのだという。

「その儀式は、今でも？」

「ああ、雨さえ降らなけりゃ。夜ふけ、この先の窪地でな」

夕日に染まる砂糖きび畑を貫く道を老人は指さした。

改めてブードゥーの名を出して街で訊いてみた。今度はわりとたやすく答えが返る。秘密めいた感じは受けない。街の広場で行われるダンスと歌の祭り、または占いやまじないの類と捉えている者が多い。時を経てブードゥーが姿を変えつつあることが伝わってきた。

夜を待ってあらかじめ見当をつけた場所へと向かった。焚き火が見える。周りを十数人の黒人男女が囲んで立つ。特別着飾ってはいない。中で一番年かさと思われる男だけが白いマントを羽織っている。司祭役なのだろう。

「誰だ」

近づく二人に気づいた「司祭」から鋭い声が飛んだ。

マイルスがひざまずく。慌てて修平も倣った。

「マイルスといいます。両親が元奴隷です。父から見えない教会の話を聞いて、北部から来ました」

「そっちの東洋人は?」

"Brother"

そうマイルスは答えた。

(兄弟?)

修平は思わずマイルスの顔を窺った。丸い目がうなずく。「司祭」に気にする様子はない。あとになって「親友」のスラングだと知った。

「なぜここへ」

「真のブードゥーを知りたくて。邪魔はしません。見てはいけないものでしょうか」

「あんたらが敵でないなら、別にかまわん」

「誓って敵などで……」

マイルスが言い終わるのを待たずに「司祭」は輪の内側へ向きを変えた。ラム酒の栓を抜いて地面に撒く。その上に白い粉で十字から始まる奇妙な紋様を器用に描いた。

続いてガラス玉がいくつもついた棒をガラガラと振った。これを合図に胡坐座りの男が股に挟んだドラムを掌で立てつづけに打つ。ドラムのくびれた胴が乾いた音を響かせた。

人の輪が時計とは逆回りに動き出す。「司祭」を除く全員が声をそろえて唄う。

レグバ・ナンバイ・ェ

レグバ・ナンバイ・ェ……

歌の意味はわからない。ドラムの男は即興風のリズムを刻む。時に激しく時に静かに叩く。炎の揺らめきと呼応しているようにも聴こえた。音からうねりが生じている。輪の男女は腰をくねらせながら踊る。決まった振り付けなどないのだろう。各々肌を汗で光らせながらリズムに身を任せる。

十字路（下）

時おり「オー」「アァ」と声を発する。ドラムのうねりはどんどん大きくなる。ひわいな動きで腰を打ちつけあう男女も出てきた。ラム酒と汗の混ざりあった匂いが煙とともに漂う。修平は眩暈を覚えた。

その時、今までダンスをしていた一人の女が突然身体を強張らせた。何か言葉を口走ったかと思うと焚き火の枝を一本抜きとった。高く掲げてから炎ごとかじった。瞳孔が開いている。長く叫んで女は卒倒した。

窪地に静寂が戻った。

「あれは、ロアが乗りうつったんだ」

儀式を終えた「司祭」が言った。ロアはブードゥーの神々を表す言葉だという。倒れた女はあれから意識を取りもどした。仲間につき添われて帰っている。

「おれらは、ああやってドラムとダンスでロアと交わる」

「地面に模様を描いていましたね。あれは?」

修平は質問した。印象に残っていた。

「ヴェヴェ。レグバを呼び出す大事な印だ。最初に呼び出すロアはレグバと決まっている。レグバは十字路の住人、十字路を好む。だからヴェヴェも十字がもとになっている」

「キリスト教の十字架とは違うのですか」

「全く違う。ヴェヴェはブードゥーのもの。十字架ではない」

「ヴェヴェ。……十字路」

修平の頭に一つの考えが閃いた。

（もしかすると、あれはヴェヴェなのかもしれない）

「司祭」はマントを脱いだ。ただのくたびれた初老の男にしか見えなくなった。

そそくさと帰ろうとする「司祭」を修平は呼びとめた。

「あと一つだけ。敵でなければ見てもかまわないと、あなたは言いました。白人はどうですか」

「同じだ。すでに来ている、一度な」

「本当ですか」

「ああ、顔見知りの『車掌』が連れてきた。『駅長』の弟で『従業員』なんだと言って」

「……それは一八五二年。十五年前では？」

「十、五年か。どうかな、まあそんな頃だ」

（「駅長」の弟……「従業員」）

うつむいて修平は考えた。視線の先で焚き火はほとんど消えかけていた。

＊

旅の報告後、帰途立てた仮説を修平はメーソンに語った。


仮説――

フォスターは地下鉄道の「従業員」すなわち支援者だったのではないか。兄のダニングが「駅長」。ダニングはシンシナティで船会社を経営しながら逃亡奴隷を援助していた。いつから弟のフォスターが地下鉄道と関わりを持ったのかはわからない。疑われないようにミンストレルソングを発表していたとまでは考えにくい。もう少しあととみるべきだろう。

深く考えずにフォスターはミンストレルソングを作っていた。そのフォスターが「駅長」ダニングを通じて黒人奴隷の悲惨な境遇を知った。黒人を貶（おとし）めてきたことをフォスターは悔いた。そこから地下鉄道への協力を始めた。フォスターの支援は主に金銭面で行われた。得ていた印税に加えて出版社に前借りしてまで資金提供を続けた。一文無しになるほど。それはフォスターにとって贖（しょく）

罪を意味した……。

「地下鉄道。考えてもみなかった」

メーソンが呻くように言った。

「そう仮定すると、残りの『謎』も説明がつくんです」

「本当かね。怪我も、あのメモも？」

「はい」

「聞かせてくれないか」

「その前に、証人となるだろう人物から話を聞く必要があります」

「証人というと？」

「現場でフォスターの治療をした医師です」

「ドクター・レグリーかね」

「先生は、そのレグリー医師には」

「一度だけ会っている」

「訛りはありませんでしたか」

「彼に？　そういえば南部訛りがあったが」

「やっぱり」

「それが『謎』と、どう」

「あとはレグリー医師を交えてにしましょう」

＊

ニューヨーク・バワリー街――。レグリー医師の診療所は《アメリカンホテル》と同じ並びにあった。メーソンと修平は黒人の召使いに応接間へ通された。

入ってきた修平を見るなりレグリーは不愉快そうに眉根を寄せた。眉が薄いので額の広さがなお目立つ。師範学校の教材に出てきた「ハンプティダンプティ」を思わせた。

「ドクター、その節はどうも」

メーソンの挨拶にレグリーは顎で応えた。

「十年、いやそれ以上か。今ごろ何だね」

こもった声が時おり甲高くなる。修平の耳に馴染んだ北部の発音とは抑揚が異なる。

「こちらの日本人、シューヘイ・アイザワが、フォスターの一件について、ぜひあなたからお話を伺いたいと」

「日本人？　あんたは黄色人種なんかに使われてるのか。私は暇じゃないんだがな」

レグリーは聞こえよがしに言って舌打ちした。

メーソンがとりなす。渋々といった様子で医師は修平と向きあった。

「ではドクター、お願いします。さっそくですが、あなたは南部のご出身ですね」

「ああ、ケンタッキー州だ」

ぶっきらぼうにレグリーが答えた。

「奴隷制度を支持していましたか」

「出し抜けに何だ」

「どうぞお許しを。お忙しそうですから」

「別に隠すつもりはない。イエス。南部出身で、少しでも物のわかった人間なら、当然イエスのはずだ」

「南部の奴隷制度支持派はフォスターを好意的に見ていなかったのですよね。ミンストレルソングの作り手だったはずが、奴隷の悲哀を歌にしたり、北軍の軍歌を作ったり」

「それも当然だろ。節操がなさすぎる」

「つまりはフォスターを嫌っていた」

「おかしな物言いだな。断っておくが、南部の標準程度に、だ」

「そのフォスターが、たまたまこの診療所を受診した。太腿を火傷したと言って。あなたは、彼が近くのホテルに滞在していると知ったんでしょう」

「ふん、それで？」

「ひどい火傷だったそうですね」

十字路（下）

「ああ、まぬけな奴だ」

レグリーは鼻で笑った。

「その火傷に、あなたは不審を抱いたのではありませんか」

「はあ？」

「アルコールランプを誤って倒したにしては重症すぎる。すぐに手当てすれば、そこまでの火傷にはならないのに。フォスターは何か隠している、と」

「さあな。私は医師として適切に治療した。それだけのことだ」

「ええ、おっしゃるとおり火傷の治療は適切に行われたのでしょう。しかし、首の怪我の時は違った」

「何が違うと言うんだ」

「あなたは積極的に処置しようとしなかったようです。医師でありながら」

「誰がそんなことを。言いがかりはやめろ」

レグリーが声を荒らげた。

「火傷の診察からそこまでの間に、あなたの心に変化が起きたのだと思われます。数日でフォスターをひどく忌み嫌うようになっていた」

「つまらん憶測だ」

「憶測です。では憶測ついでに。火傷への疑問から、有名作曲家の私生活にあなたは興味をそそられた。フォスターをひそかに観察した。で、ついに秘密を知ったのでしょう」

「な、何をだ。ばかげている。これ以上続けても意味がない。帰れ」

顔がみるみる朱に染まる。

「それを今まで隠してきたのは、知った方法が方法だったから、さらにフォスターをなかば見殺しにした罪の意識があったからではないですか」

「違う」

声がかすれていた。レグリーの膝は小刻みに上下している。

「ドクター、もう十年以上経っている。聞かせてもらえないだろうか。我々にあなたを告発する意図はない。ただ真実を知りたいだけなんだ」

メーソンが諭すように語りかけた。レグリーは目を閉じて天を仰いだ。

「……火傷の治療をしたその日。私は《アメリカンホテル》に部屋をとって、フォスターの部屋を覗き見した。鍵穴からな。そして、見たのさ、夜遅く。奴の忌まわしい姿を」

吐きすてるように言ってからレグリーは記憶を語った。

鍵穴の向こうで――

ベッド脇の椅子にフォスターは腰掛けていた。部屋はうす暗い。丸テーブルにアルコールランプだけが灯る。フォスターは目をつむっているが眠ってはいないとわかった。両太腿の上に置かれた掌が動いている。

掌は何かリズムを刻んでいる。レグリーには見覚えがあった。南部の黒人たちが同じ手つきでアフリカンドラムを叩いていた。

小さかった手の動きが次第に大きくなる。フォスターは時折首や肩も跳ねあげるようにしながら太腿を叩きつづける。陶酔した表情がランプの炎に照らされる。

フォスターがやおら立ちあがった。まるで糸で吊りあげられたように。腰をくねらせて踊りだした。室内に音はない。さっきまで太腿に刻んでいたリズムが頭の中でまだ響いているのが伝わってくる。

フォスターのダンスが激しくなる。汗で肌に貼りついたシャツを踊りながら脱ぎすてた。もう目はつむっていないが目の前のものを見てはいない。瞳孔が開いている。

不意にダンスの終わりが訪れた。

「アオッ」とひと声吠えるなりフォスターは四つん這いになった。床で何度もとび跳ねた。そのまま雷に打たれたように反りかえって気を失った……。

「あいつは黒人のリズムで、黒人のダンスを踊った。狂ったように……。吐き気がした。きっとあいつは毎晩真夜中にあれをやっていたんだ。挙句、前後不覚になって、火傷したり、首を切ったり」

「それで、あなたは首の傷を黒い糸で縫ったんですね」

レグリーの目を見て修平は問いただした。

「お見通しか。きさま、ただの猿じゃないな。そうさ、そんなに黒人になりたいのならと、望みを叶えてやったのさ」

レグリーは口の片端を歪めた。

診療所を出てもメーソンはまだ呆然としていた。修平は黙って隣を歩いた。

「つまり……つまり、シューヘイが見たというブードゥーの儀式だったんだな」

ようやくメーソンが沈黙を破った。

「そうです。きっとフォスターは、黒人のことを真に、魂まで理解したいと願ったのでしょう。その結果……」

「だから『やっちまった』とクーパーに言ったわけだ」

「自分がどんな状態になっているか、その最中にはわからないはずですからね」

「親友のクーパーにさえ本当のことを喋らなか

った。地下鉄道との関わりも含めて、何もかも秘密に。そして最後まで世間に誤解されたまま」

やりきれないと言いたげにメーソンは首を振った。

「あのメモも、儀式と関係があったのではないかと私は考えています」

「どういうことだね」

「あれはおそらくヴェヴェのつもりだったんでしょう。レグバの、ヴェヴェ？」

「レグバの」

修平は手帳を開いてニューオリンズで書き写したヴェヴェを見せた。

「ブードゥーの神、レグバを呼び出す目印です。儀式には欠かせないと聞きました。十字路の住人、十字路を好むというレグバのために、本来は十字に装飾をほどこした紋様が描かれます。そのヴェヴェが部屋にはなかったようです。当たり前ですね、秘密なんですから」

「メモがその代わり？　いったいどこが」

「まず、紙片は正方形で、四つ折りにされていたんでしたね」

「そうだ」

「そこが最も重要だったんです」

修平は手帳の一枚をそっとちぎって正方形に整えた。四つに折って開く。

メーソンの口が小さくあいた。修平はうなずいてみせた。

「この折り目が基本となる十字。そこへさらに」

「さらに……というとあの言葉も？」

「ええ、正方形の上辺に〈Dear Friends〉、角に〈&〉、右辺に〈Gentle Hearts〉」

言いながら修平は紙片にペンで書き入れた。

「何か意味が？」

「言葉自体に、やはり意味はなかったのでしょ

十字路（下）

う。頭文字以外はおそらく装飾の類です」

言いながら四つの単語の頭文字、上辺の〈D〉〈F〉、右辺の〈G〉〈H〉を丸で囲む。

「気づきませんか、D、F、G、H。四つとも、ほら」

「……ん？　そうか、音名と言いたいんだな。ドイツ音名だ」

「はい。ツェー・デー・エー・エフ・ゲー・アー・ハー（CDEFGAH）です。たとえばピアノの鍵盤に当てはめてみましょう。上辺〈D〉と〈F〉の間にはEの白鍵が、右辺〈G〉と〈H〉の間にはAの白鍵が挟まれます。紙の中央で、白鍵と白鍵が交わることに」

修平は折り目の上で両手の人差し指を十字に重ねた。

「ヴェヴェ……」

目をみひらいたままメーソンがつぶやきを漏らした。

＊

〈千代どの

息災にお暮らしだろうか　こちらは新年度が始まってひと月になろうとしている　最初の唱歌の授業でみなに驚かれた　別人のように上手く唄えていたらしい　保留だった唱歌の評価はBに決まった　メーソン先生の音階指導とベル博士の発音矯正あってこそのものだ　お二人にはどれだけ感謝してもしきれない

夏休みの間に音楽への考えがすっかり変わった　音楽はすばらしい　さまざまな違いをこえてあらゆる人に生きていることを実感させる

同級生の若者たちと声を合わせて唄うと気分が溌剌とするようになった　同時に反省もした　今までおれはまるで年寄りのように過ごしてきた

まだ三十歳にもならずにこの調子では人生を価値あるものにすることは到底叶わないと思う
　そこでまずひげを剃り落とした　そしてグラブを買った　ベースボール用の革手袋だ　学友に教わりながらゲームを楽しんでいる
　おれは最近よく周りから変わった変わったと言われる　お前もきっと同じように思うだろう　帰ったらお前にハグをするかもしれない　そのときはどうか驚かないでほしい
　同封したのはマイルスと一緒の写真だ
　お前も撮って送ってくれるとうれしい
　　　　九月二十九日　　　修平〉

　マイルスと一緒の写真――

　修平が写真館に誘うとマイルスはアフリカンドラムを小脇に抱えてきた……。

「これを持って写りたいんです。いいですか」

「オーケーどうぞ。もしかして買ったんですか」

「はい、ニューオリンズから帰ってすぐに。あの旅と、このドラムで貯金が消えました」

　マイルスはニッと笑った。

「もう叩けるように？」

「いや、まだまだ。父に習って練習しています」

「へえ、お父さんは叩けたんですね」

「驚いたことに、じつに上手いものでして」

「内緒にしていたんですかね」

「さあ。私がこれを買って帰ったときも、最初はいい顔をしませんでした」

「そうですか」

「白人を刺激して差別につながるのを心配したのかもしれません。私は、たとえそうなったとしても、乗りこえてみせますがね」

「お父さんの気持ちもわかる気はします」

「でも、白人と黒人がともに生きる社会は、お

十字路（下）

互いの文化を尊重することで初めて成立するはずです」

マイルスが胸を張った。身体がひときわ大きくなって見えた。

「ああ、同感です」

「見えない教会で聞いたあのドラムに、私は遠いアフリカの祖先から受けつぐ魂を揺さぶられた気がしました」

「なるほど、それで自分でも叩いてみようと？」

「そうです、ハハ、単純ですよね」

マイルスは腕に抱いたドラムを愛（いと）おしそうに撫（な）でた……。

唱歌の単位が認められたと修平はメーソンに知らせた。メーソンは自分のことのように喜んだ。評価のBにのみ不満を示した。

「厳しすぎるな。私なら確実にAをつけている」

「その前が、あまりにもひどかったですから。次は文句なしのAにしてみせます」

「シューヘイなら大丈夫だ。もうレッスンは必要ないよ」

「先生、でも私は卒業までここに通わせてほしいんです」

「いや、だからもう必要が」

「違います。私はもっとたくさん唱歌を覚えたいんです。覚えられるだけ覚えて、持ちかえります。そして日本中の子どもたちに与えるんです。唱歌の授業を通して」

デフスクールの子どもたちが笑顔で唄った姿を修平は思いかえしていた。

（そう、すべての子どもに）

「そんな夢を描いていたのか、シューヘイ」

メーソンは感に堪えないといった表情を見せた。

「ただ、ごく最近までは、西洋の唱歌を丸ごと

受けいれればいいとだけ考えていました。けれど、それでは不十分だと気づいたんです」

「不十分」

「フォスターが教えてくれました」

「ん、フォスターが？」

「黒人の音楽と白人の音楽を交差させて、フォスターはアメリカの新しい音楽を作った。そうでしたよね」

「その通り」

メーソンが大きくうなずく。

「日本では今、ちょうど東洋と西洋がせめぎあっています。東洋、西洋、どちらの道を選ぶか、ことあるごとに対立が。中には精神は東洋、技術は西洋と、切り離して主張する人間も。しかし、どれも間違いでしょう。東洋と西洋を交差させて、そこに新たなものを作りあげなければなりません。私はフォスターの考えを大切にしたいんです」


言いおえて修平は自身の考えを噛みしめた。

「日本で。唱歌の教育を、その考えで進めようと？」

「はい。帰国後、留学の報告書を文部省に提出することになっています。その中で上申を行います。東洋西洋の音楽を折衷して教科内容を整えるために、音楽科取調(調査)係を早急に設置すべき、と」

「時間が掛かりそうだな。授業が行われるまでには」

「ええ。教科書も、オルガンも、唱歌を教えられる教師も、日本の学校には、まだないわけですから。五年掛かるか十年掛かるか。ただ、時間を縮める方法が一つだけあります」

「ほう、それは？」

「先生が日本に来てくださることです。取調係顧問として」

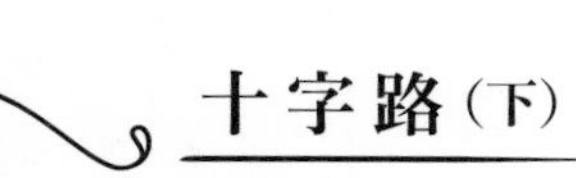

十字路（下）

修平は片目をつむった。

「ハハハ、そうきたか」

「以前、日本政府から依頼があったはずです」

「ああ、そういえばあったたな。が……」

「こちらでやらなければいけないことがあると、お断りになったとか。それはフォスターのことですよね」

「そうだ」

「なら、もうよろしいのでは。いや、そうか、真相をどこかで発表しますか」

「ずっとそう考えてきたが、やめにした。公表すれば、今度はまた別の方向からフォスターは中傷を受けるだろう。何であれ彼の作品は時代を超えて生きつづけるはずだ。人物評価は後世に委ねることにする」

「では、ぜひとも日本へ」

「私が行くと、教科書にフォスターの歌がいくつも入ることになるよ」

「結構です。とっくにそのつもりでいますから」

修平はメーソンと笑いあった。

一八七七（明治十）年五月、修平はブリッジウォーター師範学校の全課程を修了した。

卒業式のあと、帰国を控えた〝校長〟への餞（はなむけ）に同級生たちが〝Old Folks at Home〟（のちの邦題「故郷の人々」）を合唱した。

Way down upon de Swanee ribber,
far, far away,……

フォスターの名曲として知られる。ミンストレルソングから離れた頃の作になる。スワニー川を下った先、遠い南部の故郷に思いを馳せるという内容。歌詞も旋律も哀愁を帯びている。修平は覚えたての口笛でこの曲を吹くことがよくあった。そこから選曲したらしい。

書きあげた留学報告書を修平は先に送った。ベースボールのゲーム前といった心持ちで帰国の日を待った。

＊

修平は新橋の駅舎を出た。竹平町――文部省へ向かう。二年ぶりに見る風景はずいぶん西欧化している。すれ違う人の数も格段に増えた。初めて江戸を訪れたときのように周りをきょろきょろ見回した。

道の左奥、馬場先門の方角から吹奏楽が聞こえてきた。立ちどまって耳をすます。軍楽隊が練習をしているのだろう。大太鼓、小太鼓が小気味よくリズムを刻む。金管楽器が奏でる旋律はヘンデルの『見よ、勇者は帰る』。彼らの十八番（おはこ）となっている。

愉快な思いつきに頬が緩むのを感じた。修平はピンと背筋を伸ばすとドラムに合わせて歩きはじめた。腕を大きく振って、腿を高くあげて。旋律を口笛で吹き鳴らしながら。

向こうから来る山高帽の紳士が目を丸くした。

出崎哲弥（でざき・てつや）
1964（昭和39）年生まれ。中学校の教諭（美術科）を務める傍ら、2011（平成23）年に泉鏡花と関東大震災をテーマにしたエッセーで赤羽萬次郎賞（北國新聞社、赤羽萬次郎顕彰会主催）に入賞、創作を志す。17年に退職し、執筆に専念。20年に東京都北区の「北区内田康夫ミステリー文学賞」特別賞、21年に「装束ゑの木」で文藝春秋社主催の第101回オール讀物新人賞。七尾市在住。

金沢くらしの博物館 金沢市飛梅町3-31（紫錦台中学校敷地内） TEL&FAX(076)222-5740

主催 金沢くらしの博物館　公益財団法人金沢文化振興財団　後援 北國新聞社　北陸放送　テレビ金沢

千代女の里俳句館　館蔵品展

千代女をとりまく人々

2024年

3.30(土)–5.19(日)

珈涼

（画像は尾崎康工編『俳諧百一集』より抜粋）

千代女の師とされる各務支考や中川乙由、俳友 河合見風や飯島珈涼など、千代女とかかわりの深い俳人の作品を展示し、その活動を紹介します。

【開館時間】
9時～17時
（展示室入室は16時30分まで）

【休 館 日】
月曜日（祝日の場合は翌平日）

【観 覧 料】
一　般　200（100）円
高校生　100（50）円
中学生以下無料

■（　）は20名以上の団体料金
■当館の入館券で、白山市立博物館、松任中川一政記念美術館にも入館できます。

千代女の里俳句館

〒924-0885　石川県白山市殿町310番地
TEL ： 076-276-0819
公式HP：https://www.hakusan-museum.jp/chiyojohaiku/

アクセス　JR松任駅下車　南口より徒歩1分
北陸鉄道バス「松任」バス停下車　徒歩1分
北陸自動車道白山ICより約10分
（松任駅南立体駐車場3時間無料）

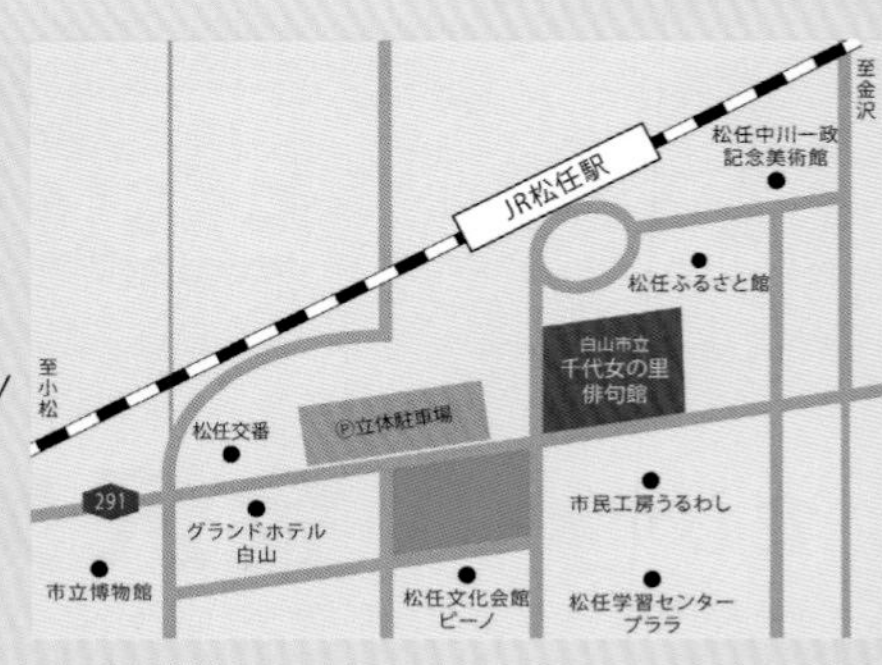

千代女

連載

小説千代女⑱

第2部

子母澤類（しもざわ るい）

挿絵　児島新太郎

「小説千代女」主な登場人物

千代

1703（元禄16）～75（安永4）

松任の表具屋の娘として生まれ、家業を継ぎ、52歳で剃髪。73歳で亡くなるまで、幼いころから才を見せた俳諧の道に精進した。17歳のときに会った芭蕉の高弟各務支考が「松任の美しい才女」として紹介したことから、各地の俳人が訪ねてくる人気者となる。

珈凉

1696（元禄9）～1771（明和8）

千代女より7歳上の金沢の女性俳人。現在の金沢市下堤町にあった薬種商の娘として生まれ、片町きららの辺りにあった大店・坂尻屋に嫁ぐ。千代女とは句会で競い合ったり旅をしたり、生涯親交を深めた。句の深み、絵の達者さは千代女に勝るとも劣らずで石川県立美術館に作品が所蔵されている。

大槻伝蔵（朝元）

1703（元禄16）～48（寛延元）

千代女と同じ年に生まれた、才覚を頼りに異例の出世を遂げたエリート経済官僚。13歳で御居間坊主として加賀藩6代藩主前田吉徳に仕え、大胆な財政改革を提案して27年間に20回昇進、上級武士となる。前田土佐守家5代当主前田直躬ら門閥重臣と対立し、五箇山へ流され46歳で自害。政敵との対立は「加賀騒動」として語り継がれ、歌舞伎や浄瑠璃の題材となる。

前回のあらすじ

松任で暮らす千代のもとに三国の高級遊女、哥川が訪ねてきた。「どうして句を作らないのか」「一緒になれない男を思い続けていては迷い疲れるだけ」。伝蔵への慕情を見透かす哥川の言葉に、千代は背筋を凍らせる。その夜、見た夢にはお貞（真如院）が現れた。何のため、なぜひとりで生きているのか。千代は子に恵まれなかった自らの歩みに悔いを促されているように感じた。

◉「小説千代女」は江戸時代に実在した人物から発想した小説です。主な参考図書は大河寥々氏『千代尼傳』、中本恕堂氏『加賀の千代全集』『加賀の千代真蹟集』『加賀の千代研究』のほか次の各氏・団体の著書、出版物です。桂井未翁、山藏角利幸、殿田良作、中島道子、中野塔雨、山根公、綿抜豊昭、あらうみ、聖興寺、白山市立千代女の里俳句館、山中温泉芭蕉の館、雪垣、本多柳芳、木越隆三、千代女研究会

加賀の千代女　蕎麦(そば)

千代は北國街道を、犀川大橋に向かって足早に歩いていた。

松任の家を出たのは昼すぎである。弟の幸助に、珈凉(かりょう)の産んだ赤ん坊を見にいくと言って出てきたのだった。

「これからだと、着くのは夕方になるやろ。帰りは明日やな」

出がけに幸助に聞かれて、ええ、と言いかけてから、千代は思い直した。

本当に今夜、あの方は来てくれるのだろうか。

確信はなかった。

あの方はもともと忙しい上に、さらに多忙を極めている。藩政の中枢にいて、重臣たちをさし置いて藩主に寵用(ちょうよう)され、お側(そば)に仕えていることで、敵も多いと聞いている。

華々しい評判が聞こえるだけに、城下では人の目がある。「せめてなりたや」

の大槻さまが、供も連れずに一人のこのこ出て来られるような立場ではないと承知の上だった。

伝蔵と最後に会ったのは、母が亡くなった年である。

三国からの帰りだといって、伝蔵は本吉(もとよし)の港から闇にまぎれ、福増屋の戸を叩いて会いに来てくれた。

あの夜、妙になまめいた風が吹いていたような気がするのは、千代の身体の奥に、甘くゆらめく情感があったせいかもしれなかった。

ひとたび伝蔵の胸に包まれると、官能のさざなみは、激しく荒れ狂う大波へと変化した。千代はこらえきれず、はしたない声を上げたと思う。

その時ばかりは、この家に父も母もいないことに救われるようだった。ひとりの夜の長さに耐えていたのに、ため息が熱い吐息となるこの夜だけは、信じられないほど短かった。

翌日、夜が白みはじめた頃に、そっと伝蔵を見送った。

以来、ぷっつりと連絡が途絶えた。

それから二年余が過ぎている。

千代が、自分から伝蔵に連絡を取ったのは、初めてのことだった。

珈涼に頼んで、伝蔵の腹心の配下である横目足軽（よこめあしがる）の男に、夫の坂尻屋五々（さかじりやごご）の名で手紙を渡してもらった。

横目というのは諜報（ちょうほう）機関で、直接、大槻伝蔵に会って、ひそかに調べたことを報告する役目である。

手紙を託した男は吉川七兵衛（しちべえ）という。もとは宮腰（みやのこし）で海産物を取り扱う店の主人だった男である。

七兵衛と坂尻屋は、古くから付き合いがあった。五年ほど前から伝蔵に取り立てられて、横目として働くうちに、伝蔵が最も信頼するに足りる人物として重用されるようになった。

もちろん、封書は坂尻屋からの手紙として渡すのであり、千代の名は記していない。万が一、他人に読まれたとしても、内容は意味がわからないように書いてあった。

読んだ伝蔵だけが、わかればいいのである。

来なければ、来ないでよい。それで気持ちの整理がつくだろうと、千代は思っている。

とりあえずは、しばらく待ってみるつもりだった。

「俳人のお仲間にあいさつもあるから、もしかすると二、三日の泊まりになるかも。悪いわね。お店に迷惑をかけるわ」

「なあに、心配いらんさ」

幸助はかたわらの息子の肩を軽く叩いた。

「手が足らんようなら、こいつにお母ちゃんを呼んできてもらう。なあ、太吉」

すると太吉は、不服そうな顔で父親を見上げた。

もう九つになり、手足は棒のように細いが、背丈はずいぶん伸びた。太吉はほそっこい身体をそらすようにして、自分の胸をとん、と叩いた。

「お母ちゃんより、おいらの方が役に立つと思うけどな」

太吉は幼い頃からしょっちゅう福増屋に来て、仕事場で父親の仕事を見ている。表装の手順をすっかり覚えているから、幸助が次に使う道具を先まわりして準備したりと、なかなか気が利く子だった。

幸助は満足そうにうなずくと、笑いを含んだ目で千代を見た。

「だとさ」

千代も笑いをこらえ、大まじめな顔でいった。

「太吉、福増屋を頼むわね」

「まかしとけ」

丸いほっぺたが光っている。伯母に信頼されたのが嬉しいらしく、その得意げな顔に、千代は幸助と見交わしてくすくす笑った。

どうやら、福増屋の先行きは安泰のようだ。

「姉さん、たまには店のことは忘れて、存分に句の話でもしてくるといい」

千代がこのところ元気がないことに幸助は気づいていて、優しく送り出してくれた。

いってらっしゃいと手を振る太吉を、ふりかえって千代はまぶしく見た。子供の成長は早いものだと思った。

月日が走るように流れていくのを感じている。

そして珈涼こそ、坂尻屋の行く末を安泰にしたのだと思った。

正月に産まれた女の子は、たそと名付けられた。

四十五歳という高齢での出産だったため、千代はずいぶん案じていたが、便りによると産後の肥立ちもよいらしい。

名家の跡取り娘は、すくすくと育っていくのだろう。

たそが娘になる時分には、珈涼も自分も、すっかり年老いてしまっている。

その頃まで命があるかさえ、わからなかった。

そうなると、心配なのは珈涼の夫、五々だった。珈涼よりひとまわり年上で、めっきり白髪も増えてきた。

こんな年になってあと継ぎが産まれたと、ことのほか喜んでいる。

仲間うちで、子ではなく孫ではないかと笑われ、からかわれても、気にするような男ではなかった。

「いやはや、とんでもない果報をもろたもんや。この子のために、せいいっぱい長生きをせんならん」

と張りきって、苦手だったウナギを食べたり、漢方を煎じて飲むようになったという。

坂尻屋は代々、能楽石井流の大鼓方の家柄でもあり、藩から扶持を受けている。

五々は坂尻屋佐六という名で、毎年、卯辰山にある久保市乙剣宮での奉納のお囃子にも出ているが、待望のわが子をさずかってから、稽古そっちのけで、赤ん坊にかかり切りになっているらしい。

「たそは、三国一のべっぴんさんやな」

少しばかりの威厳を見せるへの字に曲げた口から、びっくりするような甘ったるい声を出して、わが子をあやす姿が目に浮かんでくる。

念願かなって母親になった珈凉の幸せを、一緒に喜ぶ気持ちは決して嘘ではなかった。ただ、千代は心のどこかに、かさぶたをはがすような痛みを感じることがあった。

珈凉は、何もかも恵まれている。

ご城下の一流町人の奥方として、何不自由のない暮らしである。

ゆったりとおおらかで、明るく、心ばえのよい人柄は、豊かさが余裕となって自然にあらわれるからだろう。

五々とふたり、文人夫婦として、句会に肩を並べて座っている姿は、めおと雛のようにほほえましい。

そうはいっても、五々は風流をきわめる遊び人である。遊里に入り浸ることもあった。

遊びが過ぎて夫婦の間でもめることになっても、いずれ格好の句の題材となり、笑い話となった。

そんな仲むつまじいふたりに、待望のあと継ぎが産まれたのである。

珈涼のこれまでの恵まれた人生と同じく、これからも、ひかり輝く道が続いていくのだろう。

それに比べると……。

千代はわが身の行く末の先細りに、情けなくしおれてしまう。

若い時は、夢と希望にあふれていた。家業は両親にまかせっきりで、ひたすら句作に没頭した。

広い人脈を持つ珈涼の招きで、名のある俳人たちとの句会に座ることができた。珈涼が千代を持ち上げ、前に押し出すことで、芭蕉の弟子になる俳諧師たちも、千代を特別に扱うようになったのかもしれなかった。

あの頃は、それが実力ゆえと思っていたが、うぬぼれだったかもしれない。珈涼の後押しがあってのことだったと気づくようになった。

十代で加賀の千代などと呼ばれ、諸国にも名が知られ、もてはやされたことで、自分ではそのつもりは毛頭なかったが、驕(おご)りたかぶる気持ちがあったのかもしれなかった。

ただ、若かったのだ。

四十も手前になる今になって、千代の心の奥底に、恩人で尊敬する珈涼への、女としての妬(ねた)みと羨望がひそんでいることに気づかされた。

おおらかな珈涼に対して、狭量な自分が許せなかった。そうして、いっそう身の置きどころをなくしてしまうのだった。

店の帳簿をつけている時も、手を止めて、ぼんやりしていることがある。そんな千代に幸助が気づいても、句を考えているのだろうと思うらしく、気にとめていないことがせめてもの救いだった。

しかし、ぼんやりの空白の時が、一日に二度も三度も起こる。

それでも昼間、仕事に追われて忙しくしている時はまだよかった。

夜、ひとりになると、やりきれなく、みじめな思いへと千代を誘い込む。

床に入っても、眠れない日が続いていた。ようやく寝ついても、おかしな夢にうなされて、闇の中に荒々しい息をつきながら目覚めてしまう。

起きれば忘れてしまうのが夢というものなのに、無意識に見せられたものは、千代の胸に鮮烈な場面を焼きつけたまま、消え残っている。

若い千代が、行ったことのない江戸の町を歩いている。

あるいは千代とは関わりのあるはずがない藩主の側室が、女の香をいきいきと振りまいて、伝蔵に色目を使ったりする。

なぜ藩邸の奥座敷が、夢見にあらわれるのか。

何かを千代に伝えようとしているのだろうか。

そういえば、お貞という側室も殿の子を産んだ。二度目の懐妊で男子を上げたことで、自らの地位を安泰にしたという夢だった。

子を産まなかった千代が、子を産んだ女に軽んじられ、女として嘲笑されているようにも思えた。

卑屈な考えにとりつかれて、いずれ気鬱（きうつ）の病に落ちてしまうのでは、と千代はようやく顔を上げた。

道の端に汚れた雪がうず高く残っているが、雪どけの街道は、好天にすっかり乾いていた。

春先のやわらかい光の中を、風呂敷包みを背にした商人が忙しげに行き来している。

とりとめのない物思いにとらわれながら歩いている千代は、いつの間にか畑の見える道を過ぎ、街道の両側に青物屋や、草履屋などの店が連なっていることに気づいた。

旅人だけでなく、買い物客でにぎわう野町広小路まで来たのだった。

ゆるやかな下り坂の向こうに、犀川大橋と橋番小屋が見えてきた。

「姉さん、干し柿いらんけ」

道ばたでものを売る老婆に声をかけられた。駕籠（かご）の中に、干し柿や干ししいたけがあった。大根やセリなどの青物も並んでいる。この近辺の者らしき老婆である。

「大根は、さっき抜いてきたばかりやぞ」

「悪いけど、急いでるから」

「ほんなら、帰りに寄ってや」

足早になった千代の背中に、しわ枯れた声が聞こえた。

大橋の周辺には、露天の物売りが多い。並べてある品物をのぞきこむ女たちを避けるように、顔をそむけて、千代は足早に大橋を渡った。

渡り終えると、大店(おおだな)が並ぶ街道をそれて、すぐに西へ折れた。

犀川の川面は、西に落ちかけた陽(ひ)を照り返して、朱(しゅ)を流したように染まっている。少し風が出てきたようで、やにわに空気が冷たくなった。

千代はぞくりとふるえ、寒さに首をすくめた。

豊かな川の流れに沿って、土手の片側は町家が続く一帯である。立ち飲みで一杯ひっかけるような酒屋があり、その隣に目立たない小さな家があった。

知らなければ、ここが旅籠とは気づかないだろう。

この土手で伝蔵を待ったのは、千代が二十五、六歳のころだった。

桜の木の陰で、すらりとした姿のいいあの人が歩いてくるのを、ひっそりと待ったものだった。待っているだけで頬がほてり、胸が弾んだ。

あの時、まだ若木だった桜は、木肌がすっかり黒ずんで、ところどころコブをつくってよじれている。

そして伝蔵の背に隠れるようにして入った宿も、十年余りのうちに格子戸の桟は白茶けて色あせ、軒先の掛け行灯の色さえ古ぼけたように見えた。

ふと、千代は小さく笑った。古ぼけたのは宿ではなく、年増になった自分の方だと気づいたのである。

宿に入り、二階の奥の部屋は空いているかと聞いた。幸いなことに空いていた。

川に面した六畳ほどの部屋に案内されて、千代は心もとないまま座った。

年若い女中が、お茶を運んできた。

「お泊まりですか」

「ええ」

「今晩は冷えそうですよ。先にお布団を敷いてもよろしいですか」

「お願いします」

千代はためらいながら言った。

「あの、後で連れが来るかもしれませんが」

「何か、ご注文はおありですか」

「ほんなら、その時にお酒をもらいましょうか」

「お連れさんがお見えになった時ですね。わかりました」

女中は火鉢の火をおこし、てきぱきと布団を敷いて部屋を出ていった。

夜具はひとつで、枕が二つ置いてある。場末の宿だから、男女の密会に使われることが多いのだろう。

ひとりでは、居心地の悪い部屋だった。千代は敷かれた布団を二つに折りたたんで隅に押しやった。

窓の障子を開けると、陽が落ちたようで、水面は闇に沈み、薄いもやがかかっていた。

大橋を行く人の姿がうっすらと見える。隣の居酒屋から人の話し声が聞こえるが、土手に人影は見えなかった。

来ないかもしれない、と千代は思った。手紙を読んだとしても、わざわざ出向くことはないだろう。

もう若くはない女が、昔の男を呼び出すなど、分別のない傲慢（ごうまん）なやり方だと思うに違いない。遠ざかった女からの付け文など不快で、さっさと火にくべて燃やしているかもしれなかった。

二、三日ここで待つ、という決心はすでにゆらいでいた。ひと晩だけ泊まって、明日の朝、ここを出ようと思った。

その時、廊下に足音がして襖（ふすま）が開いた。

「やあ、千代さん。久しぶりだな」

千代は驚いて声も出なかった。

伝蔵はあたかも昨日会ったような顔で、千代の前に座り、火鉢に手をかざしてこすり合わせた。

日暮れて間もない時刻に、早々と駆けつけてくれたという思いがけなさに、胸の動悸（どうき）が高まるのを感じて耳が熱くなった。

「しばらくでございます」

千代はこうして顔を合わせたことが、素直に嬉しかった。

「三年ほどになろうか」

「母が亡くなった時、訪ねて下さって、そのぐらいになりましょうか」

「そなたから文をもらうなど、初めてのことだな」

千代は申し訳ない思いで、頭を下げた。

「ご多忙は重々わかっておりますのに、出過ぎたことをしてしまいました」

伝蔵はちらりと千代を見て、深々と吐息をついた。

「そうだな。身体がいくつあっても足らぬほど、さまざまな問題がのしかかってくる」

窮乏する藩の財政改革において、年寄衆八家のうち、本多政昌（まさあきら）、横山貴林（たかもと）が中心となって行ったが、ほとんど成果が上がらなかった。

重臣がろくに使えない、となると、藩主吉徳（よしのり）は近習の大槻伝蔵を重用するようになった。

昨年から、金沢城内の御銀蔵の管理というお役目をつとめている。金のやりくりの部門を任せられるからには、吉徳の信用が厚いからに他ならない。

「この一月の末に、またしても二百石の御加増を賜った。御馬廻組頭並という身分になったのだ」

加賀藩は七つの身分階層がある。藩主のもと、人持組頭（八家）、人持組、平士、与力、御徒、足軽の順序になる。

伝蔵の御馬廻組の組頭という身分は、三番目の平士ということである。

四十歳を前に、伝蔵は血色のいい顔で、少々肉付きもよくなったようだった。立場につれて貫禄が備わってきた。

「またご出世されたのですね。おめでとうございます」

さきほどの女中が、酒を持ってきたと声をかけたので、千代が受け取り、伝蔵の前に座った。

「どうぞ」

伝蔵に盃（さかずき）を渡し、そこに酒をついだ。

「そういうことでな」

つがれた酒を荒っぽく飲み干すと、伝蔵が続けた。

「位も上がったわけで、昔のように、そうそう自由な身ではないということだ」

「……」

千代は目を上げて、伝蔵の光る眼を見た。かつて、二人の間に通い合った温もりのようなものが感じられなかった。

「それで、何か話があるのか」

「ええ……あなたさまのお子様は、元気に暮らしておりましょうか。奥方様が亡くなられたとか……」

「このたび、子供の介添人を雇うことになってな。でんは乳飲み子。世話をする者がなくては育てられぬ」

「可愛（かわい）い女の子なのでしょうね」

「……」

「珈涼さんも、今年、女の子を産みましたよ」

「ほう……」

「子供が生まれると、育てる楽しみがありましょう。羨(うらや)ましいこと」

「まあそれはいい。何か話があるのだろう」

「あなたは人の親になられた。どうして私には、子ができなかったのでしょう」

「なに……」

「できるなら、あなたの子供を産みたかった」

伝蔵の、盃を持つ手が止まった。

「いきなり、何を言い出す。千代さんらしくもない」

「この頃、胸の中に風が吹いているようで。一緒になれなくてもいいから、せめて私にも子供がいれば……」

「千代さんのことは、ずっと大切に思っている。口に出さずともわかってくれていると思っていた」

伝蔵は困った顔でため息をつき、盃を置いた。

「わかっているふりをしていたのかもしれません。あなたにとっては、かりそめの縁。ただの慰みにしただけでしたのね」

「何をすねている」

伝蔵が眉を寄せて千代を見た。

「すねてなど、おりません。そうですね。私は一途でしたから、都合のいいお相手でした。殿のおそばにいて、あなたに色目を使うお貞さまのように、浮気な気持ちではないのですから」

「お貞?」

不意に伝蔵は千代の肩をつかんで、ゆすぶった。

「江戸屋敷のお貞さまのことか」

明らかに伝蔵の顔色が変わった。

「動揺したということは、やはり何かあるのですね」

「なぜ、江戸のことを。何を知っている？」

きびしい口調に気押（けお）されて、千代は黙った。

「くだらん話につきあう暇（いとま）はない。では、失礼する」

伝蔵は不機嫌な顔で、いらだたしく立ち上がり、襖に手をかけた。

そのまま、振り返った。

「千代さんは、そんじょそこらにいる女子ではない。加賀の千代女ではないか。子を産んで母親になるより、もっと大事なことがあるはずだろう」

そして荒々しく襖を開けて、部屋を出ていった。

坂尻屋に行くと、珈涼はあいにく留守だという。

「そう、お帰りは遅いの？」

蕎麦屋(そばや)を手伝っている娘は、前掛けで手をふきながら言った。

「いえ、しばらくで戻ると思います。おかみさん、たそちゃんのおっぱいをもらいに行っているんです」

そういえば、と千代は思い出した。乳房はたっぷりと大きいのに、見かけ倒しで肝心のお乳が出ない、と手紙に書いてあった。そのため、近所の若い母親のところに、もらい乳をしているという。

「毎日のことだから、大変でしょうね」

「そりゃあもう。赤ちゃんが泣くと、おかみさん、慌てておっぱい飲もうねって、抱っこして走っていくんですよ。一日、何度も大変な騒ぎです」

「大事な坂尻屋の跡取り娘ですものね」

「おかみさんなら当たり前ですけど、旦那さまが抱っこしてもらいに行くこともあるんですよ」

「へえ、あの五々さんが」

「旦那さまったら、赤ちゃんのためというより、若いお母さんの大きなおっぱいを見にいきたいんやわ、なんておかみさんが笑ってます」

句会でのおしどり夫婦ぶりは有名だが、赤ん坊が生まれて、いっそう仲のよさが際だっているらしい。

「ほんなら、ここで待たせてもらいます。かけ蕎麦をひとつ、お願いね」

食欲がなかったが、蕎麦なら喉（のど）を通りそうだった。

蕎麦が運ばれてきて、箸を手に取ったときだった。店ののれんをくぐって、珈涼が帰ってきた。

「千代ちゃん、来てくれたの」

「ええ、たそちゃんに会いたくて」

千代は珈涼の胸に抱かれている赤ん坊をのぞきこんだ。

黒くてくりくりした丸い目が、千代を見つめて、にっこり笑った。

「おやまあ、私を見て笑ったわ。何て可愛らしいんでしょう」

色白で、珈涼に似た丸顔のふっくらした女の子だった。

「おっぱいを飲んで来たところだからご機嫌さんね。ほうら、たそちゃん、千代おばちゃんですよ」

赤ん坊の小さな手を指で触ると、それをぎゅっと握りしめて、大きなあくびをして目を閉じた。

「おなかいっぱいになったから、もうすぐ寝るわ。ああ、重たい、ちょっと座らせてもらおうかね。どっこらしょ」

珈涼が小上がりに腰かけて、畳の上に赤ん坊を寝かせると、自分で肩を叩いた。

「抱っこで肩が凝ってしまって。年取ってからの子育てって、本当に大変やわ。体力が持たないわ」

たそはまもなく、すやすや寝入ってしまった。珈涼は自分の肩掛けを、赤ん坊にかけてやりながら言った。

「ところで、逢えたの?」

珈涼に聞かれて、千代はふいに胸がいっぱいになって何も言えず、うつむいた。我慢してもしきれず、畳にぽとり、大粒の涙がこぼれ落ちた。

「どうしたの」

「……」

「何か、あったんやね」

珈涼に頼んで伝蔵へ手紙を渡してもらっているため、今回の逢瀬（おうせ）のことを知っていた。

「あの方、変わったわ。出世して、どんどん偉くなって、すっかり人が変わってしまったみたい」

「つい先日、新しい奥さんをもらったそうだけど、もしかして、そのことで？」

「奥さん？　いえ、知らないわ。子供を介添する人を頼んだとは言ってたけれど」

「それが次のお相手のこと。四度目の妻とは、さすがに言いづらいわけでしょ。それで公然と、介添人だなんて」

「そんなことが」

「妻となった人にすれば、世間から奥さんと呼ばれない立場なんて、ずいぶんなやり方やわね」

千代はぼんやりと珈涼の話を聞いていたが、ふと夢見であらわれた女のことが浮かんだ。

「あの人、女を自分の道具としてしか思っていないのかしら。江戸のお屋敷でも、側室のお貞さまと……」

夢の中とはいえ、千代に不適な笑顔を見せたお貞が、あまりにも鮮烈だったので、現実であるような気がしていた。

珈涼にふるえる背を撫でられて、千代はそっと涙をぬぐった。

坂尻屋の奥まった席で、千代たちの会話にじっと耳をそばだてている男がいることを、千代も珈涼も気づかなかった。

子母澤類（しもざわ・るい）
加賀市生まれ、金沢市で育つ。現在、北國新聞、富山新聞でエッセー「子母澤類と巡る文学散歩道」を執筆中。著書に『金沢　橋ものがたり』（時鐘舎）、『北陸悲恋伝説の地を行く』（北國新聞社）などがある。日本文藝家協会員。

この物語は、実在した人物から着想を得た小説です。

「小説千代女」ゆかりを訪ねて

第15回

白山市で千代女研究会が発足
歴史の中の実像、掘り下げる

千代女のふるさとである白山市で「千代女研究会」が発足し、2023年末に論文集第1号を刊行しました。「千代女研究の新たな展開の必要性」を巻頭で説き、歴史の中の実像を掘り下げたいと意気込んでいます。「小説千代女」を執筆する子母澤類さん、挿絵を担当する児島新太郎さんが、研究会を取りまとめる元学芸員を訪ね、抱負を聞きました。

研究会は白山市立博物館で長年、学芸員を務めた金山弘明さん（68）＝同市＝を中心に、千代女に関心を持つ4人で組織しています。

論文集「千代女研究」第1号は9編の研究成果を収録しています。一読した子母澤さんは「えっ、そうなのと驚くことばかり。すばらしい内容でした」と感銘を受けていました。

「私たちは、俳句研究の主流というわけではありません。ただ残念ながらこの20年、千代女の動向や経歴について世に出た論文がほとんどないのが実情です」と金山さんは語ります。

千代女の句の中身を分析することは盛んであっても、歴史上の位置付けを考える方向の研究はこれまで少なかったそうです。金山さんは「千代女は歴史を変えようとは思っていなかったけれども、歴史は千代女を動かしていました。人物像を実証的に明らかにしたいと思っています」と力強く語ります。

金山さんは2006年、白山市が「千代女の里俳句館」を開館する時に、スタッフとして関わりました。研究会を、地元研究者の交流の場にしたいという目標があります。

金山さんによると、千代女が生きた18世紀の松任は、菜種油の一大産地でした。貴重な燃料であり、松任の町人は金沢の御用商人を脅かすほどの富を持っていたそうです。「その松任の真ん中で暮らした千代女は決して貧乏人ではなかった」と強調します。

千代女研究会の金山さん（左）から抱負を聞く子母澤さん（中央）と児島さん＝白山市の千代女の里俳句館

興味深い話も聞きました。そもそも千代女の名声は、地元松任では忘れ去られていたというのです。もっぱら江戸で名声が語り継がれ、「恐れ入谷の鬼子母神」で知られる入谷の朝顔市では、千代女の「朝顔」の句が掲げられるほどの人気でした。

熱弁すること1時間半。子母澤さんも児島さんも、金山さんのエネルギーに圧倒されっぱなしでした。「こんな短時間じゃ、とてもじゃないけど千代女を語りきれませんよ。一日中でもやれます」と豪語していました。

子母澤さんも「歴史の下地を見ることは大切です。初めて聞く話ばかりで勉強になりました」としきりにうなずいていました。じっくりと聞き入っていた児島さんは「時代の状況から千代女を見るという視点は新鮮ですね」と捉えていました。

今後の物語展開でヒントとなる話もたくさん伺いました。新しい知見をどう物語に生かしていくか。子母澤さんは頭をひねっています。

小説

恋なんて、するわけがない

第21話　金沢の女をなめんなよ！

水橋　文美江

これまでのあらすじ

金沢から上京し、映画専門学校に入学した春子は、さまざまな出身地の受講生計10人の班でラブストーリーの短編映画撮影をスタート。10人が順に監督を務め、沖縄出身の光山が監督のシーンは急きょ、本人の要望で恐怖映画となり、班長の春子は「浮遊する死体」の役を演じることに。その死体は、亡くなった光山の母の面影でもあった。

映画監督になるためにはいったい何が必要だと思うか。講師の伏見先生にそう問いかけられたのは短編映画の撮影が終わった打ち上げの席だった。

渋谷駅前のスクランブル交差点を渡って道玄坂をあがった先にある居酒屋『飲んべえ』で、「ハルハルが班長で良かったよー」と桃ちゃんに言われ、「ほんとほんと、よくやったね」「お疲れさま」「ありがとねェー」と皆から口々に健闘を称えられ、班長としての任務をまっとうしたのだと春子は安堵し、いい気分で飲んでいた。恐怖映画にしたいと撮影直前になって無理難題を言い出した光山くんも「ハルハルさんのおかげでやりたかったことができました」と充足感でいっぱいの笑顔を見せてくれて、ヒゲ面の藤くんにいたっては「最初はどうなるかと思ったけど、さすがっすねー、ハルハルさん」と春子が幽霊に扮して出演したシーンを最高のデキだと持ち上げてくれた。

「真っ白に顔を塗りたくって。まさかハルハルさんがあそこまでマジでやってくれるなんて、なあ」

「はい、ありがたかったです」。光山くんがあらためて頭を下げる。「亡くなったハ、ハ、母のことを思い出しました」。

「確かに熱演だったよなぁ」と木梨くんも頷いた。そのシーンを撮っている時に木梨くんは照明を担当していた。

「強めの明かりを当ててたけど、ぜんぜん負けてなかった」

「そんな、言われるままに動いただけ、夢中でやっただけ」

「ハルハルの女優魂にカンパイ」

「だからそんな、大げさだって」

「いやマジっす、高畑淳子か大竹しのぶか、ハルハルさんか」

「ヒューヒュー」と茶々を入れたのは安藤くんだ。

「もう私の話はいいからァ」

首を振りつつも頬はゆるみっぱなしで、レモンサワー2杯目を頼んでいたところにふらりと現れたのが伏見先生だった。

「俺も同じ、レモンサワー」

「あ、はい」

「無事に撮影が終わったようだな」

赤ら顔の伏見先生は酔っているのが明白だった。

「誰が呼んだのォ」

安藤くんがぼやいた。しぃ、と桃ちゃんがたしなめる。春子の右隣の松川マイちゃんが腰をあげ、席を空けようとしたので、いやいや待ってと春子は慌てた。

「マイちゃんはいいの、座ってて。私が退くから」

「えっいいですいいです、私が退きます」

二人で譲り合っていると、左隣に座っていた殿谷くんがサッと立ち上がり、席を空けてしまった。

伏見先生は「ふぅ」と大きな息をつき、春子の左隣に腰をおろした。若い助監督の連中と飲んできたんだけどさあ、と言いながら。

「あぁそうでしたか、お疲れ様です」

無難な返しをする春子。

「いいねえ、ご機嫌だねえ」

「私がですか……？」

少しだけ声のトーンを落とした。伏見先生の物言いが嫌味っぽく聞こえたからだ。

「撮影の完全撤収は午後7時って言ったはずだが」

春子はハッとした。

「やっ、あっ、そうです、それはもちろん」

「終わったのは何時」

「何時だったか……7時をほんの少しだけ過ぎてしまったような……」

「ほんの少しねえ」

「ちょっと色々あって……」

「色々ねえ」

「申し訳ありません！」

伏見先生の方に身体を向け、春子は正直に打ち明けた。撮影が1時間ほど押してしまったこと。猛スピードで後片付けをしたが、完全撤収すべき7時はとうに過ぎ、スタジオを出たのは9時に近かった。

「そこにいたのは受講生だけだからバレないと思ったか」

「すみません……」

「ちょうど通りを歩いている君たちを見かけたんだ。一緒に飲んでた助監督の連中を見送って、一人でもう一軒行こうかって時にね。7時に終わっているはずなのに妙だな、と」

あぁ、撮り終えた高揚感に包まれながら皆で打ち上げをしようとニコニコ話していた、あの様子を見られてしまったのか。春子は言葉もなく、うなだれた。今回の実習では時間内に撮り終わることも大事な学びだと、伏見先生から「頼むな班長」と釘を刺されていたのを思い出す。

お待たせしましたと店員がレモンサワーを運んできた。たとえばな、とそれを受け取って、伏見先生は続けた。

「たかが1時間くらい撮影が押したからってなんだ、たいしたことないと思っているなら大間違いだぞ。1時間押すごとに百万の金が飛んでいく」

「すみません……」

「待って、百万は飛んでないっすよ」。安藤くんが口をとがらせ、反論した。

「だからたとえばって話だ。実際の撮影現場では百万飛んでいくこともある」

「あああ、悪いのは僕です」。光山くんが挙手をした。「僕の撮影シーンに時間がかかってしまったんです。ハルハルさんに罪はありません」

「ハルハルさん？」

「私のことです……」

一瞬ぽかんと春子の顔を見て、伏見先生はハルハルねぇと眉をひそめた。

「すみません……」

「謝ることないって」

安藤くんがまたもや口を挟み、庇ってくれる。確かにハルハルと呼ばれていることを責められる筋合いはないが、年甲斐もなくハルハルと呼ばれることに多少なりとも気恥ずかしさはあった。

いや、いいんだと伏見先生は顔をあげ、言葉を続けた。

「ただな、他の子たちは君とは違う」

君というのは私のことか。春子は真意がわからず困惑した。

「違うというのは……」

「ハルハルなどと呼ばれて、君が浮かれたってかまわない。仲良しこよしで楽しければいい。しかしみんなには未来がある」

「未来、ですか……」

「未来に向けて何かを掴み取ろうと学びに来た。みんな、何者かになろうとして頑張っている」

皆、押し黙っている。春子もほろ酔い気分はすっかり消え去った。ひんやりとした空気が漂っている。

「ところが君はどうだ」

「はぁ……私にも未来はありますけど」

「ないとは言ってない、違うと言っている」

「何が違うんですか、世代的な？　年齢？」

「そう、それな、つまりは受講目的」

「目的……？」

「まさか君は本気で映画監督になろうとしているわけじゃないだろ。ましてや照明か、撮影か、録音か、制作部か。どのスタッフにも君はこの先、ならないだろ。今さら何者かになろうなんて思ってないだろ。受講目的なんて大層なもんはないだろ。遊びだろ。趣味の範疇だろ」

言い過ぎィ、と声をあげたのは誰だろう、安藤くんか。ちょうどその声に被って誰かの携帯のベルが鳴った。チリチリチリ……。あっ私だ、と春子は気づいてポケットから取り出した。見ると金沢の夫、昭夫からである。

出れば、と伏見先生が顎で促した。

「いえ、大丈夫です」

「誰」

「家族です、金沢に住んでる」

「出ればいい」

「いえ、もう切れたので」

そう言ってはみたものの、よほどのことがあったかもしれないと思い直した。わざわざ昭夫が電話をかけて来るのは珍しいからだ。もしや、と妙な汗が出てしまう。娘の亜紀に何かあったか。春子が東京に来るのとほぼ同じに亜紀は大阪へ、春子よりも長く、2週間ほど営業の研修があると言っていた……イヤな予感がする……不安が押し寄せる……チリチリチリ、と再び鳴った瞬間、春子は「もしもし」と反射的に食らいついた。

「パンツなあ」

「はい？」

電話の向こうは昭夫で、間延びしたような喋り方ではあるが、居酒屋『飲んべえ』に響きわたりそうな大きな声だ。

「パンツなあ、どこやあ！」

「……ちょっと」

「明日はいてくパンツないがや！」

「あるでしょ、あるやろどっかに」

「汚れたやつしか、もうないわ！」

「洗えばいいやろ」

右隣のマイちゃんには完全に筒抜けで、笑いを堪えているのがわかった。それでも電話の向こうが「パンツパンツ」とうるさいので春子もかまっていられず言い返す。

「今こっちはそれどころじゃないし!」

「こっちもだ! 風呂入って出てきたらパンツないがに気づいたんや! どうすりゃいい!」

「だから! 洗わんからやろ! 洗濯ぐらい自分でしまっし!」

勢いよく言い、切った携帯をポケットにぶっ込んだ。マイちゃんが堪えきれずに噴き出し、みんなは何事かと見ている。

「失礼、しました……」

春子が謝ると、そら見たことかとばかりに伏見先生は咳払いをし、意気揚々と言葉を吐いた。

「たまにいるんだよなぁ、子育てを終えたという主婦が暇つぶしに受講するってヤツ。カルチャースクールみたいな感覚で。そういうヤツが通っているとなると、どうしても真剣さに欠けるんだよなぁ、それで気がゆるんでしまう」

ハハッ、と春子は乾いた笑いで気まずさを吹き飛ばした。

「まったくです、仰る通りです。みんなと私は違いますもんね。浮かれてないでみんなのために厳しく、今日は時間内に撮影を終わらせるべきでした」

「そうだろそうだろ」

浮かれてなんかいませんと、きっぱり言い切る自信はなかったし、仲良しこよしで楽しかったのも確かである。春子はもう一度、すみませんでしたと頭を下げた。

レモンサワーをぐいっと飲み干し、伏見先生は「じゃあ聞くけどな」とテーブルをドンと叩いた。

じゃあ聞くけど？　どういう流れだ。春子は伏見先生の話に逆らってはいない。仰る通りと素直に受け止めたではないか。そうすることで終わらせたはずだ。しかし伏見先生はさらに問いかけてきた。

「そんなに言うならァ、君はァ、映画監督になるためにはいったい何が必要だと思うか」

「あの、私は映画監督になりたいとは言ってませんが……」

「なりたいくせに」

「はあ？」

「なりたいくせに、黙りなさァい」

ちょっとこれはかなり、酔っている。よく見ると赤ら顔の目が座っているではないか。いつになく絡んできたのは深酒のせいだったか。

「愛ですよ愛、映画監督に必要なのは愛」と安藤くんが春子の代わりに答えた。「いや才能っしょ」と木梨くんがそれを否定した。「プラス包容力・読解力・経済力とか」と藤くんが言い、そのどれもに「違う違う」と手をひらひらさせ、伏見先生はやがてテーブルに突っ伏した。桃ちゃんが呆れたように両肩をすくめ、春子に目配せした。お水をもらいましょうとマイちゃんが店員を呼んだ。ゴォーと鼾音が高らかに始まり、皆一様にやれやれと吐息をついた。

春子もやれやれと吐息をついてはみたが、気持ちは沈んだままだった。


遠くで猫の鳴き声がする。

あれ、品川のホテルに猫なんていたっけ、おかしいな。ぼんやりとそう思いながら目を開けると、そこは見覚えのある金沢の春子の家だ。品川のホテルではない。四日間の東京滞在を終え、夕べ帰って来たのだった。

やんわりと起き上がり、布団から抜け出して茶の間へ向かう。ちゃぶ台には東京ばな奈の食べ散らかした跡があり、その周りには無造作に置かれた洗濯物の山がある。時計を見ると昼を過ぎてもはや3時をまわったところだ。いったん朝早く起き、洗濯機を3回まわし、乾燥機にかけ、ざっと掃除機を茶の間から台所にかけて、それから二度寝した。その間に昭夫は仕事に出かけたのだろう(知り合いの会社を手伝っている)。亜紀はまだ大阪だ。

台所へ行くと、昭夫の飲んだビール缶が転がっていた。ちょいと手を伸ばせば、空き缶用のゴミ箱がある。どうしてそこに捨てることが出来ないのか。いやわざと目につくように転がしてあるのか。いつ食べたのか弁当の空き箱もある。捨てずにコレクションにでもするつもりか。それらをゴミ箱に放り込み、出しっぱなしのお茶のペットボトルを冷蔵庫に仕舞う。中はすっからかん。かろうじて納豆と缶ビールが1缶だけ残っている。猫の鳴き声はもう聞こえない。どこかに行ったのだろうか。しんと静かな家の中。

4日間の東京生活を思う。短編映画の実習に追われた日々。学園祭のような盛り上がりと賑(にぎ)やかさ。まるで学生をもう一度やっているような、いや、実際に学生なのだ。カルチャースクールという言い方をされたが、映画作りを学ぶための学校であり、学生証が与えられている。顔写真もついている。たとえばこれを映画館で提示すれば学割で映画を見ることができるのだ。窓口で訝しげな顔をされようとも春子はれっきとした学生だ。しかし伏見先生の言葉が耳の奥で繰り返される。主婦の暇つぶし、遊び、趣味の範疇……。

どうして言い返すことができなかったか。「まさか君は本気で映画監督になろうとしているわけじゃないだろ」。

撮影が無事に終わると、次にすべきことは編集作業だ。金沢に戻って来た春子は、編集の講義をオンラインで受けた。講師は伏見先生ではなく、現役の編集マン、宇田川修二氏による特別講義だ。まずはオフライン編集作業をする。いわゆる業界用語で粗編という。

「映画ってのは編集で印象が大きく変わる。撮影してきたカットをあらためて見て、どの絵がいいか。どの絵を選んで、どう繋いでいくか。予定した通りに繋がなくてもいい。繋いでみて必要ないと思えばバッサリ切ってもいい。まるきし反対に繋いでみてもいい。どうやったっていいが、監督のセンスが問われる大事な作業だ。だからあの北野武監督は自分で編集するんだ。他の人には任せられないってことだな」

へぇーと画面のこちらで春子は頷く。同じようにオンラインで講義を受けているのは会社勤めの殿谷くん、それから宮部さんか。他のみんなは直接対面で受けている。もちろん東京で、だ。

「いいかい、実際は監督だけの意見じゃすまない。プロデューサー、これは映画に限らず何人もいる。その何人もから意見が出て来る。現場でうまく撮ったと思っていたカットを編集の段階にきて散々けなされることも。映画会社の上層部からも、場合によっては制作委員会なんてのがあって、そこからも意見が出される。時には俳優の事務所から要望があがることもある。出番を増やしてくれだの編集で美しくしてくれだの。意思の疎通がうまくいかずに口論になることも、そりゃあ昔はよくあったよ。今はパワハラとか言われるから面と向かって酷いことは言われないが、だからこそ余計傷つく。影でひそひそ悪口のように言われるから。SNSで愚痴るスタッフもいて、メンタルをやられがち。編集を終えるまではしんどい闘いが続く。自分を見失わないようにしないとな、監督ってのは強い信念が必要だ」

あっ、と誰かが声をあげたのが聞こえた。が、オンラインで参加している春子から声の主は見えない。

「どうした、木梨くんだっけ」

「はい。先日の打ち上げの席で伏見先生から映画監督には何が必要だと思うかって聞かれたんですけど。今のそれですかね?」

「ああ、伏見先生は毎年受講生たちにその手の質問を投げかけるんだよなぁ」

「正解は強い信念ですか」

「わからない」

「えっ? ……わからないとは?」

「監督には何が必要かなんてわからないさ。伏見先生のように何十年とこの業界で生きている人でもね、正解がわからないからいつも問いかけている。ずっと探しているんだ、答えを。……答えを探して、探して、わからないから撮り続けていく」

木梨くんが訊（たず）ねてくれたおかげで、伏見先生の問いかけに答えが出た。わからないのだという答え。まったく、禅問答のようだと思いながら、春子はメモに記した。

粗編の次は音の編集をする。整音という。必要とあればここで音楽や合成を入れ、色の調整、カラーグレーディングと作業は続く。さらにクレジットや字幕作成などもこの後に続く。アフレコといって、あらためて声（セリフ）を録り直すこともある。

「まぁ今回の実習は短編だから、1カ月ほどのやり取りで完成するはず」

えっそんなにかかるのかと驚いた。

「1人1シーンを撮ったよな？　それで監督としてその1シーンを編集するんだぞ。最近よく使われているのはダヴィンチリゾルブの最新のやつ。無料アプリがあるから、まずダウンロードして」

慌ててメモに走り書きをする。ダ、ダヴィンチ？　ダウンロード？　えぇ？　どうやって？　春子の頭は混乱した。そもそも春子は金沢にいて、どうやって編集すればいい。

「データをコピーして自宅でやってもいい。パソコンにそれだけの機能があってスキルがあればね。そうじゃない人は編集室に来て、日程を調整してくれれば教えるから」

そうじゃない人です、あぁと声が漏れた。

「ハルハルはどうしますか」

桃ちゃんの声だ。宇田川先生がハルハルって？　と聞いている。

「私、私です、すみません、宇田川先生」

パソコンに向かって叫ぶ春子。

「うん？　なんか言ってる？　聞こえない、マイクをオンにしてくれないと」

「あっ、すみません」

マイクとビデオもオンにし、春子は顔を出して訴えた。

「金沢に住んでるんです、私、そちらの編集室にはそんな何度も行けそうになくて……データをもらって、自分でやれますかね……」

「ハルハル、大丈夫だよ。私がやろっか」

「桃ちゃん……」


「大変でしょ、やるよ、いいよいいよ」

「いや俺も出来るし」と木梨くん。安藤くんも「ウェー」と声をあげ、「大丈夫っすよ」と藤くんの声も聞こえる。「私もやりましょうか」と言っているのはマイちゃんか。光山くんが「ハルハルさん、聞こえてますか」と呼びかけた。

「僕たちがハルハルさんのシーンの編集をやります。どういう感じにするかを言ってくれれば、そのイメージに沿って、みんなでやります。任せてください」

「任せて、ハルハル」

「おう、任せろ」

みんなの口ぶりに宇田川先生がホゥーと感嘆したような声をあげ、笑っている。

「あ……あ……ありがとう……」

春子はお礼を言い、俯いた。嬉しさとともになんともいえない、喉に小骨が引っかかったような、複雑な思いであった。


宇田川先生の講義はそれから1時間弱ほど続いたが、色の調整とやらの説明が始まった辺りで、春子の脳ミソは限界に達した。

オンラインで受けていたせいだ、対面ならもっと内容がスムーズに入ってきたはずだ。言っている言葉ももっと明確に届いたはず。そう自分に言い訳しながら、本当のところは情けない、自分には理解できるだけの能力がないのだとわかっていた。

悔しいな、と呟いた。


撮影現場ではみんなと同じ立場の仲間として、ともに同じ時間を共有したつもりでいたが、あれは春子の一方通行だったのかもしれない。そういえば持ち回りで照明の担当になった時、木梨くんが代わりに機材を動かしてくれた。重いから俺が持ちますよと。録音のガンマイクを上に高く持ち上げなきゃいけなかった時は藤くんが手を貸してくれたっけ。桃ちゃんも、今から思えばやたらと春子の足元を気にかけてくれた。ハルハル、ほらよく見ないと、コードがあちこちにあるから引っかからないようにね、危ないから気をつけてね、ほら大丈夫?大丈夫?と。

あぁまるで介護されていたような、そんな気がしてきてたまらない。編集をやってあげる、任せてくださいと言われたのも、春子の年代で新しい編集アプリを使いこなせるわけがないと即座に対応してくれたのだ。あの時の喉に引っかかった小骨の正体は、同情か。あちらとこちらの間に流れていたのは友情ではなく哀れみか。

悔しいな、ともう一度呟いた。

そうして再び、伏見先生の声が蘇る。主婦の暇つぶし、遊び、趣味の範疇……。

「まさか君は本気で映画監督になろうとしているわけじゃないだろ」

なる、なってやる！

春子は思わず叫んでいた。今になって言い返せるのはここが金沢だからだ。そう、金沢が私にパワーをくれる。金沢の女をなめんなよ！

猫がミャアと鳴いている。突飛な声に怯(おび)えたか、あるいは呆れたか。それでも春子はこのままではいられないと、さらに遠くへ走り出すことを決意した。クゥー！　ぜったいに映画監督になってやろうじゃないかァー！

水橋文美江（みずはし・ふみえ）
1964（昭和39）年金沢市生まれ。91（平成3）年脚本家デビュー。テレビドラマ「夏子の酒」「ホタルノヒカリ」のほか、NHK連続テレビ小説「スカーレット」の脚本を手掛ける。北國新聞・富山新聞でエッセー「いくつになっても」を連載する。東京都在住。

寄稿

切れなかった父・大拙の絆

「東京ブギウギ」の作詞家・鈴木アラン勝（まさる）再論

国際日本文化研究センター教授
山田 奨治

NHKの2023年度下半期の朝ドラは、笠置シヅ子をモデルにした「ブギウギ」だった。笠置が歌った「東京ブギウギ」は、実は石川・富山の地と縁がある。同曲の作詞者・鈴木勝（まさる）（通称アラン）は、金沢が生んだ世界的な仏教学者・鈴木大拙の養子なのだ。

大拙と勝の親子関係については、拙著『東京ブギウギと鈴木大拙』（人文書院、2015年）に記した。出版から9年になろうとする今、朝ドラでは描かれることのなかった勝の生涯を、改めてなぞっておこう。

大拙と妻のビアトリスは、1911年にそれぞれ41歳と33歳で結婚した。当時としては高齢出産になることを恐れたのか、実子を持つことは諦めたようだ。結婚から5年後、鈴木家で家政婦をしていた「おこの」が見つけてきた1歳くらいの男の子を養子として迎えた。

大拙はその子に勝と名付け、戸籍上は実子として届けた。勝は、スコットランド人男性と日本人女性のあいだに生まれた非嫡出子だったと、大拙の弟子で富山生まれの作家・岩倉政治（まさじ）が書き残している。岩倉は、青年期までの勝の人生に深く関わった。見た目が「ハーフ」の勝は、大拙とビアトリスの実子を装うには「都合のいい子」だった。そして彼は、いつしか両親からアランと呼ばれるようになった。

大拙夫妻は、1921年に大谷大学に迎えられ、4歳のアランとともに一家で京都に居を構えた。アランは活発な子どもだった。しかし、小学生になってもやんちゃが収まらず、思春期になると遊びに目覚めていった。その端正な顔立ちに惹（ひ）かれる年上の女性が多かったようだ。大拙とビアトリスは、アランが学者になることを望んでいた。

青年期のアラン（林田久美野『大叔父・鈴木大拙からの手紙』より）

岩倉政治に家庭教師頼む

両親の希望とは真逆の方向に成長していくアランをみて、大拙は弟子の岩倉にアランの家庭教師を頼んだ。岩倉は、大谷大学生だった頃から、大拙と唯物論者の戸坂潤（とさかじゅん）（1900〜45年、戸坂の母は現在の志賀町富来出身）の2人の教授に心酔し、対照的ともいえる両者の思想から自己を形成しようとしていた。大拙を批判する論文を大拙自身に提出し、落第点をもらったと彼は述懐している。岩倉は、師を讃美（さんび）するだけの、他の弟子達とは異なる精神を持っていた。

岩倉は、アランの思春期から青年期のことを著書に記録している。アランが中学校の寮で問題を起こしたときには、大拙に代わって寮長と面談した。たびたび家を抜け出しては夜遊びにふけるアランの将来を、両親は心配した。トラブルを起こすたびに学問の時間を奪う息子の存在を、大拙は苦々しく感じることもあった。

アラン15歳、南砺で農作業

アランが15歳のとき、大拙は息子を夏休みのあいだ岩倉に預けることにした。富山県旧高瀬村（現在の南砺市）の岩倉の実家で農業を手伝い、働くことの意義をアランに学ばせたいとの思いからだった。

旧高瀬村があった南砺地方は、浄土真宗の信仰が厚い土地柄だ。その地の「土徳（どとく）」に包まれて、「おかげさま」の精神が息子に染み込むことを大拙は期待したと思う。しかし、大拙の望みは叶（かな）わ

晩年の岩倉政治。南砺の実家でアランに農作業を手伝わせたが手を焼いた

なかった。アランは農作業を拒んだばかりか、富山から大拙の別宅があった鎌倉まで馬を走らせて帰るといって、岩倉を困らせた。

だが、そんなアランに岩倉は同情していた。当時の学校も鈴木家の教育も、この早熟で無軌道な少年には合わないことを知っていた。アランは学者にはならないだろうが、まったく別の才能があることを、岩倉だけは早くから感じとっていた。

アランは生涯で3度結婚している。最初のお相手は、学者の娘で英語を使いこなす才媛だった。大拙のような学者の「家の嫁」として打ってつけのようにみえるが、この結婚に大拙は猛反対した。すでに亡くなっていたビアトリスが反対していたことと、遊びが過ぎるアランと結婚しても幸せになれないと、新婦のことを心配したのだろう。

アランは反対を押し切って式を挙げるも、鈴木家の人間は一人も参列せず、新婦側を憤慨させた。このときにも、大拙は岩倉に仲介人を頼んだ。岩倉がそれを引き受けたかどうかは記録がない。

父子が響き合う歌詞

アランは戦時中、同盟通信社の社員として新妻とともに上海に渡り、そこで作曲家の服部良一と知り合いになった。それが縁で、「東京ブギウギ」の作詞がアランに回ってきた。服部はアランのことを新進の「文学青年」とみていた。作詞の実際は、服部とアランの協働作業だったものの、その歌のメッセージは大拙の思想と強く響き合っている。

歌おう、踊ろう、ブギを踊れば世界はひとつ

――スタイルこそ正反対だが、この歌は文化を越えてひとびとの相互理解を目指した大拙と同じ志を表現している。

この親子はそれに気づいていなかったと思う。少なくとも大拙は、息子の仕事を否定した。大拙は、後年に「歌を作って救われるか」と題する小

どこにもない明るい哀感　金沢で語った服部良一

「東京ブギウギ」を作詞した服部良一は、1946（昭和21）年11月、金沢を訪れ、これからの軽音楽の展望を語っていた。

同年12月2日付の北國毎日新聞（現在の北國新聞）は、座談会での発言を伝える「軽音楽の将来」という記事を掲載している。

東京に180余りいるバンドは進駐軍の将兵が利用するダンスホールやキャバレーに取られ、質の低下が著しいと嘆いている。

日本の軽音楽はどこへ向かうべきか。服部は日本には「酒は涙か溜息か」という米国やドイツ、イタリアなどどこにもない「明るい哀感」があると強調。外国音楽の模造を目指すのではなく、「日本人は日本人らしいボリュームと色とをもって自らの音楽の世界を構成すべき」と説いた。

記事によると座談会は11月29日、「武蔵ケ辻大和ビル5階」で開かれ、30人余りが集まったという。服部が金沢を訪れた理由については触れていない。

服部はこの1年余り後、48年1月に「東京ブギウギ」を発表している。

（本誌編集室）

輕音樂の將來　服部良一

服部良一が参加した座談会を報じる1946年12月2日付の北國毎日新聞の記事

文を出版した。歌を作るにしても、そこにはひとかどの見識がなくてはならないと、大拙は書いた。これが、大拙が「東京ブギウギ」をはじめとするアランの作詞業を評したと思われる、ほとんど唯一の記録だ。

大拙は華やかな芸能界には、生涯を通して関心がなかった。後世に残る仕事をしても父に認めてもらえないことが、アランは寂しかったに違いない。離婚と再婚を繰り返すなかで酒量が増え、酔うと乱暴になった。酒さえやらなければよい人間なのだが、と大拙はたびたび息子を嘆いた。そんななか、アランはついに週刊誌をにぎわす暴行事件を起こしてしまった。

それからのアランは、大拙周辺の者にとってアンタッチャブルな存在になった。だが、アランの存在を避けていては、大拙の生涯を理解することはできない。拙著『東京ブギウギと鈴木大拙』には、そういうことを書いた。

保護終えた大拙の著作権

鈴木大拙の著作権は、2016年末に保護を終了した。これにより大拙の著作は公共空間に置かれることになり、故人の名誉を傷つけない限り自由に利用できる。著作権切れ書物の電子ファイルを作って無料公開しているインターネット上の「青空文庫」には、2024年1月時点で小品が6点収められている。また、主著のひとつ『日本的霊性』を含む5点が入力作業中になっている。無料テキストが増えることで、大拙の作品は新たな読者を獲得していくだろう。同時に、英文の著作集や講演集の刊行、日本語作品の文庫化など、商業ベースでも新たな展開が起きている。大拙を知らない若い世代が増えるなか、著作権切れのメリットは大きい。

学術面での進展では、2016年12月に筆者と日本の近代史を専門とするジョン・ブリーン氏が

2021年、東京で上演された「東京ブギウギと鈴木大拙」の一場面(坂内太撮影、名取事務所提供)

主宰して、国際日本文化研究センターにおいて国際シンポジウム「鈴木大拙を顧みる」を開いた。

そこには、内外の主要な大拙研究者のほとんどが集まり、神秘主義、動物愛護、文化翻訳、軍国主義、戦後復興との関係など、仏教学者としての従来の理解を超える多様な大拙像を検討した。その成果は、『鈴木大拙　禅を超えて』(思文閣出版、2020年)となり、22年にはその英語版をハワイ大学から出版した。

舞台化、北米で出版

拙著『東京ブギウギと鈴木大拙』には、思わぬ反応もあった。書名そのままのタイトルで戯曲化されて、2021年3月に東京・下北沢の小劇場で上演されたのだ(脚本・堤春恵、演出・扇田拓也、名取事務所公演)。企画決定後に起きたコロナ禍によって、上演はもう無理だろうと内心では諦めていたのだが、関係者の並々ならぬご尽力によって、9日間の上演が実現した。

ストーリーは、アランの青年期に焦点を当てたもので、拙著の内容が約半分、残りは脚本の堤氏による独自の創作だった。芝居のなかで、生き生きと動き話すアランの姿は感動的だった。

また、拙著の英語版を北米の学術出版社から出したいと思い、翻訳を進めるとともに、あちらこちらに出版企画を持ち掛けていた。いくつもの社から門前払いされた末に、ミシガン大学出版で複数の匿名の専門家による審査（査読）をしてもらえることが決まった。この査読と書き直しには2年かかり、2022年6月に出版された。そうした国内外での反応と、朝ドラが「ブギウギ」に決まったことから、人文書院版の拙著は異例の7年越しで重版となり、同時に電子版も刊行された。

「東京ブギウギ」の陽気なリズムには、偉大な父と「不肖の息子」との親子の葛藤、そして切ろうとしても切れない絆が秘められている。たとえ血はつながっていなくとも、どれほど愛憎があろうとも、彼らの命の奥底で静かに共鳴していたものは、いまの世にも響いている。

2022年にミシガン大学出版から刊行された『東京ブギウギと鈴木大拙』の英語版

山田奨治（やまだ・しょうじ）
1963（昭和38）年大阪市生まれ。筑波大卒、同大学院修士課程修了、京大で博士（工学）の学位授与。日本アイ・ビー・エム、筑波技術短大助手などを経て現職。滋賀県在住。

音楽あれこれ 21

ふるさと能登の復興を祈って

ガルガンチュア音楽祭
シニア・アドバイザー　山田正幸

年明け、私の故郷は余りにも甚大な地震に見舞われました。被災した皆様に心よりお見舞い申し上げます。

これまで連載で紹介してきた「いしかわ・金沢風と緑の楽都音楽祭」は、「ガルガンチュア音楽祭」と名称を変え、生まれ変わります。大型連休の開催を目指して準備中でしたが、一瞬で暗転しました。発生直後は、音楽祭を語ることさえ道義を失する、という心情でした。自粛や規模縮小も視野に入れて委員と意見交換した結果、「中断はかえって復興に水を差す」「優れた音楽による精神的なケアも必要」との声があり、入場料収入の5％を義援金にすることを決めました。

音楽祭出演者からエール

初参加のアーティストたちからも、力強い支援コメントを頂きました。オックスフォード・フィルハーモニーの指揮者マリオス・パパドプーロス氏、ブロードウェイの由水南（ゆうすいみなみ）さん（金沢市出身）、元劇団四季の飯田洋輔さんらです。みなさんの素晴らしい演奏が、被災した方々を励ますと確信しています。

それにしても、美しい能登の現在の惨状を見るにつけ胸が潰れます。穏やかな内浦海岸。少し荒い外浦海岸。威厳のあった見附島やロマン溢（あふ）れる恋路海岸。能登への想いが溢れます。

珠洲市飯田町生まれの私は、飯田高、珠洲実業高で25年間教師を勤めました。部員十数人で吹奏楽部を始め、やがて全国大会へ出場。「次は海外遠征だ！」と、珠洲や輪島の他の高校と連帯した総勢150人余りの「能登青少年吹奏楽団」を創設しました。海外大会では100人編成が最低条件だったからです。

猛練習の末、日本代表のお墨付きを頂き、1981（昭和56）年に青少年スイス・ジュネーブ国際音楽祭へ出演。87年正月には米・カリフォルニア州のローズパレード（伝統の学生フットボール大会「ローズボウル」で行われる）に参加しました。能登で学ぶ中高校生が、努力し希望すれば海外遠征もできる事を示したのです。

その練習を行ったのが、見附島近くの駐車場でした。毎週日曜日、各高校の顧問の先生方が、生徒を乗せ自家用車やマイクロバスで、長駆して参加してくださったのです。見附島は思い出深い場所です。

生徒たちが学んだのは、演奏技術だけではありません。滞在中は、現地でホームステイしました。そこでの心温まるもてなしに、「地球は私達のふるさと」という思いを抱いた生徒もいたことでしょう。会話ができるかとても心配していた生徒たちが、別れ際には涙を流していました。今も「ノト・バンド・グッド」という現地の人たちの言葉が耳に残っています。

能登人の力を信じる

ホームステイは、滞在費を安く済ませる意味もありました。その代わり、海外バンドが日本ツアーで能登を訪れる時には、能登の皆さんに受け入れてもらいました。お互い様なのです。

印象深いのは、カナダの「カルガリー・スタンピード・バンド」の250人を受け入れたことです。8月の珠洲まつりの期間でした。よくぞ4泊5日のお世話をしてくれました。なかなかできるものではありませんが、能登の人たちはやったのです。まつりは大変盛り上がり、「なぜ金沢ではなくて能登なのか」「能登はそんなに文化が高いのか」と音楽や催事の関係者から質問攻めにあいました。

能登青少年吹奏楽団がローズパレードで着た、赤地に白のユニホーム300着が、縁あって作新学院高（宇都宮市）のバンドに寄付されました。同校の野球部は強豪なので、甲子園でその衣装を見ることもあるかもしれません。能登の若者の輝きは受け継がれていきます。

能登の人々の意欲と忍耐力、優しさ、エネルギーがあれば、必ずや復興できると信じています。α

心に残るスケッチの旅 41

田井　淳（洋画家）

たい・あつし　1953（昭和28）年金沢市生まれ。金沢美術工芸大卒業後、創形美術学校造形研究科修了。1993（平成5）年独立展野口賞、94年現代美術展美術文化特別賞・最高賞、独立展独立賞、95年独立美術協会会員、99年金沢市文化活動賞、2013年現代美術展美術文化大賞。現在、一般財団法人石川県美術文化協会常任委員、北國新聞文化センター講師、アトリエat主宰。金沢市在住。

存在感求め、現美で挑戦

よく褒めてくれました。褒められるとますます絵を描くのが好きになるのです。

長く現代美術展に出品を続けてきました。忘れられないのが、2013年の第69回展です。60号「月の舟に乗って」で美術文化大賞をいただいたのです。受賞の知らせに今までのことが走馬灯のようによみがえってきました。

褒められて、好きになる

何かを作ったり、何かを描いたりすることが好きな少年でした。アトリエに立つ自分の原点は何か。考えてみると、小学5、6年の時、図画工作の授業を受け持っていた中野先生かもしれません。

美術文化大賞（現在は美術文化大賞・石川県芸術文化協会会長賞）は洋画だけの賞ではありません。日本画、彫刻、工芸、書、写真を含めて全6部門から1点が選ばれます。前年の第68回展では該当作がありませんでしたので、2年ぶりの大賞でした。開場式で、石川県美術文化協会の飛田秀一会長から「存在感があった。ごく自然に大賞を選ぶことができてうれしい」という言葉をいただき、胸が熱くなりました。

いくつになっても

存在感。これこそが長年、私が探求してきた根本でした。追い求めてきたことが認められ、感謝でいっぱいでした。心が震えました。いくつになっても、うれしいものはうれしいのです。

今春、現美は80回展を迎えます。ささやかですが、私が歩いた道を振り返ってみました。

最初に私が間近で見た油絵は、8歳上の叔父の作品でした。火山が噴火し、溶岩があふれているような絵だったと覚えています。ギラギラとした油絵の具の色と盛り上がりの質感が印象に残っています。

2歳離れた兄は絵が得意で、校内に張り出されたり、俳優の絵を何枚も描いて評判になったりしていました。とても太刀打ちできないほどでした。

画家になりたい。そうでなくても好きな絵を一生描くことができたら。高校に入り、強く意識するようになりました。叔母の恩師である洋画家、北濱淳先生の自宅アトリエに通わせてもらいました。

15歳の私は、40畳以上の白い漆喰の空間と天窓から差し込む柔らかい光の下で、先生の温かい指導を存分に受けることができました。高校の美術は洋画家、井田重男先生でした。無言のうちに大人の画家とはこういうものだと教わったように受け止めています。

高校2年の時、金沢美大への進学を思い立ち、母方の叔父の紹介で竹沢基先生のアトリエに通わせてもらいました。目の前に石膏像が置かれ、無力感を味わっていると、先生は木炭を手にググッと大きな形を描いてみせました。それでもただただ時間が過ぎ、その後もどうすればいいのか、手も足も出ないのです。

シダを描いて初挑戦

現代美術展を知ったのはこの頃です。指導を受けている先生方は毎年、出品しているのです。身近な展覧会であり、作家を志す者が名乗りを上げるのは当然だと思い、出品を目指しました。18歳の時でした。自宅の庭に生えていたシダを50号のキャンバスに描き、初出品したものの、結果は落選。この世界の厳しさを知りました。

結局、現美で初めて入選したのは金沢美大3年の時でした。石膏デッサン、人体デッサン、人体油絵を勉強し、大作を仕上げる苦しさ、乗り越える喜びを体験しなければ、現美という舞台には上がれなかったのかもしれません。入選作は40号の人物画「安井像」でした。美大でも引き続き教えを受けた竹沢先生からは常に「物をしっかり見ろ」「面で描け」「バックを描かにゃ」と指導されました。存在感のある自然の世界をよく見て表現せよという教えだと受け止めていました。

遠い影から翡翠色の世界へ

現美で入選が重なると、入賞を目指すようになります。他人の受賞作を見て、悔しい思いをし、自分の力がまだまだ足りないと何度も痛感させられました。初めての入賞は37歳の時でした。むしろほっとしたのを覚えています。翌年から4年連続で受賞しました。

この時期に描いていたのは「遠い影」というシリーズです。グレーを基調とした人物の背中を中心に、抽象的な空間を組み合わせました。「遠い影」

グレーを基調とした人物の背中を題材とする「遠い影」のデッサン(1996年)

「愛の島ー星月夜」(2007年)のデッサン。男女2人は希望と憧れの世界へ旅立つ

2年目、1994年の第50回記念展で新設された美術文化特別賞・最高賞をいただきました。

その後10年ほど「遠い影」シリーズを続けました。背を向けた男女を中心とした「遠い影」は次第にうねりを帯び、重なり、連なりあって無限の空間に吸い込まれていきました。抜け出た先で私が見いだしたのは、翡翠色(ひすい)(緑)の柔らかい光に満ちた世界でした。

翡翠色は生命の根源の色だと思います。満天の星と月を男女が見上げる場面。傍らには小舟を配しました。

二人はそれに乗り、希望と憧れの世界へと旅立っていくのです。人間は海から生まれ、魂は天に登り、星々となる。天から魂が降り注ぎ、生命は再生を繰り返す。宇宙の循環を描いた作品です。美術文化大賞をいただいた「月の舟に乗って」も同じ翡翠色の作品でした。

最近は空を見上げることが多くなりました。雲をテーマに描いているのです。2023年の第79回展に出展した「空」は天に浮かぶ雲の絵です。さまざまな模様をみせる空、雲。一瞬たりとも同じ姿はなく、まさに生命そのもののように感じるのです。

境界は無限にある

先般、国立西洋美術館で開かれた「キュビスム展」を鑑賞しました。キュビスムは今まで素通りしてきた表現ですが、何かが私の中で引っ掛かったのです。ピカソによる強く区切られた線を見つめて「境界」とは何かを考えました。そして境界とは画面に引かれた一本の線ではなく、無限の深い空間があるのだという気付きを得ることができました。

どこまでが空で、どこまでが雲なのか。突きつめがいのある問いだと思います。作品に存在感を求めてきた私の歩みは、生命の表現からさらに先へと進もうとしているのかもしれません。

空は広大、寛容な精神を

空は広大です。境界のない無限が連なっています。寛容な精神を、今描いている雲の絵に表現できないものかと考えています。

今春の第80回展ではどれだけ自分の思いを形にできるのでしょうか。現美での私の挑戦はまだまだ続きます。α

北陸の同人誌から

金沢学院大学副学長
水洞 幸夫

令和6(2024)年1月1日16時10分。マグニチュード7・6の地震が能登半島を襲った。以来、連日テレビ、新聞、ラジオは、甚大な被害の実態、不安を抱えた避難の状況、様々な支援の動きを伝え続けている。

被災した方々の声も毎日のように流れている。変わり果てた家を目の当たりにして、「言葉にならん」と、絞り出すように言って黙り込む方が何人もいる。その心中は察するに余りある。

『詩の礫(つぶて)』という詩集がある。福島在住の詩人、和合(わごう)亮一氏が東日本大震災の被災6日目から、当時のツイッターで発表を始めた詩をまとめたものである。胸の内で渦巻く慟哭(どうこく)、怒り、愛おしさ、不安など、湧き出す感情のままに矢も盾もたまらず言葉にした、その詩編は、まさに礫のように読むものに飛んでくる。

言葉は無力である。愛するひと、ふるさと、いつもの暮らしを突然、失ってしまったひとには、かける言葉も見つからない。けれど、我々はその言葉によって立ち上がるしかない。沈黙の時間は、本当に必要なかけがえのない言葉と出会うための時間なのではないか。

そのような切実な言葉で綴(つづ)られた文章が、一人ひとりの沈黙のときを経て、このあと次々に現れてくるに違いない。

今回は、『イミタチオ』64、『雪嶺文学』68、『ペン』18、『千尋』12、『漁舟』21の5誌を読んだ。

2人の俳人合わせ鏡に

『イミタチオ』では、笛木真作「闇夜の月」が完結した。今回は、芭蕉が没した後の其角(きかく)を物語る。全編は、芭蕉と其角、2人の俳人を合わせ鏡のように配置して、多くの資料を詠み込んだうえで、それぞれの俳人としての苦悩と矜持(きょうじ)を明確な輪郭線で描き切っている。400字詰め原稿用紙で400枚を優に超える堂々の長篇歴史小説となった。

対照的に澤木啓三「遥か青春の中庭で」は、繊細なタッチで青春の恋の残り火を描いている。40歳に手が届く「私」は独身、いまだに高校時代の同級生の女性のことが忘れられない。高校時代の彼女との触れ合いが、丁寧に細やかに描写されている。その描写の濃密さが「私」の思いの濃密さを読者に印象付ける結果となっている。

サスペンスが高まる

『雪嶺文学』には11編の小説が並び、同人の旺盛な創作意欲が感じられる。吉村まど「幻影マンションョン」はホラーもの。主人公の女性が偶然知り合った同じマンションの男性に、どんどん惹かれていくところが、起承転結の承として、詳しく描かれていてサスペンスが高まる。中道昌宏「水色の女」もホラーものであるが、こちらの舞台は、「幻影マンション」とは対照的に福井県の山間部の村。村の再開発に昔の悲恋が絡むという筋は、ミステリー性もある。

ストーリーの展開ということで言えば、室屋圭「有明月」も最後に意外なオチが用意されている。中学以来のライバルに対する嫉妬(しっと)が積み重なっていく過程がしっかり描かれていることでオチが利く。高村志栄「プロット」は、小説のプロットを脚本家の先輩に見てもらう、という話であるが、途中、その先輩の不倫の経験が語られた後、元のプロットの話に戻ってくる。先輩の経験談を小説のプロットづくりの話にはめ込むという凝った造りになっている。

吉川悠「茜荘」は、敗戦直後、死んだと思われていた夫が帰って来たことによる家族の葛藤の物語である。妻は夫の従弟との再婚話が進み、その男性の子どもを妊娠している。この大人同士の複雑な問題を子どもの視点を交えて語ることで物語はより立体的になった。最初と最後に子どもが相撲を取る場面(最初は再婚予定の相手と、最後は実の父親と)が配置されているのも生きている。

天野流氓「佐保川7—楊貴妃の誘惑—」では、主人公が、ついに唐の後宮で楊貴妃の護衛役となる。

この先、安禄山の乱にどんな形で巻き込まれることになるのか、楽しみだ。タナカタダミ「老いて華やぐ」は、老人ホームで暮らす96歳と99歳の老人に突然、往年の流行歌「ツーレロ節」が降りて来る物語。深刻に悩むことが馬鹿馬鹿しくなる、その脱力の破壊力は強烈である。北野豊「日和下駄を履いた猫（前編）」は、そのタイトルの通り、東京散策記である永井荷風の「日和下駄」のテーマに沿って、漱石の「吾輩は猫である」の猫が、漱石文学の舞台を案内する。軽妙な漱石文学街歩き小説となっている。南雲司「蟹の戯れ」は、サンゴ礁の渚で繰り広げられる少年と少女の初々しい恋物語。どこかなつかしい感じがする。尾野雪「青年日本の歌が出来た頃の思い出」は、「青年日本の歌」の作詞者であり、五・一五事件に加わった三上卓を語る。作家の黒岩重吾が深夜のクラブで客が少ないと、「青年日本の歌」を最後の10番まで歌ったというエピソードが印象に残った。塚本成一「石原莞爾（後編）」は、陸軍内の派閥争いから二・二六事件までの石原の動きを中心に、その後半生を簡潔に語る。

見えない物事露わに

『ペン』の岩見美和子「林檎」は、主人公の女性が、成り行きで林檎の格安販売の代金回収と商品渡しを引き受けてしまう話。我が儘を言いたい放題な客もいて、迷惑しながらも主人公は何とか役目を果たす。いつもとちょっと違う出来事で、見えていなかった物事が露わになるという題材は、きわめて小説的である。小倉孝夫「銀杏黄葉」は、歯科医を引退して悠々自適の老後を楽しんでいた主人公が、医者から人工透析を受けるよう告げられショックを受ける。それを機に仲間との飲み会を大切にしようと思い「生きていれば、きっとよいことがある」と思うラストは、主人公の人生経験が感じられ心安らぐ。嶋作恭子「老いの繰り言」の主人公は90歳。体の不安やペットを飼いたいと言う願望が、自在に語られる。老いることで得られる自由さがこの語りから溢れている。髙田恭子「去年今年…そして…」は、語り手の意識の流れのままに、中学の同窓生の近況、甲府の空襲、戦後の復興など今昔のことを語る。のびのびとした語り口が印象に残る。白河葉の「セカンドパートナー」、「セ・ラ・ヴィ」の2編はいずれもショートショート。2編とも深く関わった訳ではないが、忘れ得ぬ存在となった人のスケッチとなっている。刀根日佐志「波瀾万丈（上京編）」は、大正3年、金沢二中を卒業した主人公が早稲田の政治経済科の予科に入学し、3人の友と出会って友情を深めていくまでを語っている。次回は早稲田の銅像問題を扱うことになるようで、血気盛んな4人の若者の活躍が期待される。

癌の手術乗り越える

『千尋』には、リアルな闘病記が並ぶ。山本正敏「七十一歳、入院記」は前立腺肥大での入院の記録。東優子「生かされて」は肺癌。主人公は、検査でチューブが喉から抜けなくなるというアクシデントに見舞われながらも、癌の手術を乗り越える。自分が生かされている意味を切実に問うラストには実感がこもっている。和田恵子「老いの坂道」の主人公も、突然呂律が回らなくなるが大事には至らない。庭に咲いたアジサイを褒めてくれた近所の主婦とホタルブクロを交換するラストの場面には、何気ない日常のありがたさが滲み出ていて味わいがある。「犬連れの客」は、松田三千代の遺稿である。犬が仲立ちになって、主人公の女性は、幼い頃に気になっていた男性と再会する。それぞれに離婚歴があり、どちらも独り身の2人。本当のパートナーに出会えた喜びが溢れ、大人の恋愛が始まる予感で作品は閉じられている。

『漁舟』の安田なが子「理科の試験」は、小学6年生のとき親友と試験問題を盗んだ罪悪感が長く尾を引く物語。それ以来縁遠くなった友だが、その苦い思い出ゆえに忘れがたい存在になってしまったという人生の逆説が浮かび上がる。近岡礼「ジャニーズ」は、戦争で幼くして父を亡くした少年の成長物語である。タイトルは、昨年、社会を揺るがせた故ジャニー喜多川氏の性加害問題に因んでいる。主人公も度々、男から性加害を受けるのだ。しかし、主人公の成長によって男は気圧され、寄り付かなくなる。要所要所に短歌が挿入されて、心情を端的に伝える効果をあげている。α

弁護士が関与する事件の一つに住民訴訟がある。これに関して、この連載の第17回（２００３年秋号）で国レベルでの住民訴訟の創設を提案した。

住民訴訟とは、地方自治法に規定された訴訟で、住民であれば誰でも自治体における違法な財務行為について、監査委員に監査を求めることができる。監査で相当な措置が講じられない場合、違法な行為を行った職員等を被告として違法行為の差し止め、取り消し、無効確認、損害賠償請求、不当利得請求訴訟を提起できる制度である。

この制度は02年に改正され、一部の請求については、訴訟を提起できるのは、職員に対する直接請求から、自治体に対してその職員に対する損害賠償請求を義務付ける間接請求へ訴訟形態が変わった。

しかし、地方自治体以上に国レベルでは、より多くの国民の税金が支出されている。

毎年、11月になると、会計検査院の決算結果報告書が公表されるが、22年度についても、５８０億円にも上る不適切な支出や無駄遣いが指摘されている。しかし、効果的な改善策が講じられていない。国の財務行為をただす住民訴訟のような制度がないからである。

これに対し、日本弁護士連合会（以下、日弁連という）は、05年に住民訴訟制度と同様の制度を国レベルでできる「公金検査請求訴訟制度」の創設を提言していた。

この提言では、国民はまず会計検査院に違法な財務行為の是正を求め、会計検査院で適切な措置が取られない場合、訴訟を起こす内容としていた。

しかし、いまだにこの制度は創設されていない。その理由の一つは、この提言に対し幾つかの疑問が出されていたからである。

例えば、日弁連案では、国民が一人でも訴訟を提起することができることとなっていたが、これに対して、濫訴（らんそ）の恐れがあるとの疑問が示されていた。

この疑問には、消費者団体訴訟類似の団体訴訟制度として、国の違法な財務会計行為を追及する見識と能力をもつ団体（適格団体）に、訴える資格を与えるという方法を検討する必要がある。

また、日弁連案は、会計検査院を検査機関としているが、会計検査院では人員等が限られており、検査の迅速性に疑問がある。そこで、各省庁に検査機関を設置する案も考える必要がある。

さらに、日弁連案は、国の財務会計上の全ての行為を対象としている。しかし、国の安全や外交関係に関する分野については、強い抵抗が予想される。そこで、当面の間、これらを対象事項から除外し、5年後に見直し等で再検討するということも一考される。

日弁連案は、02年改正前の住民訴訟の訴訟形態の住民が国に代わって、違法な行為を行った職員等に対して損害賠償請求や不当利得返還請求訴訟を提起するという形態を提案している。だが、改正後の住民訴訟形態である国に対する履行請求義務付訴訟とするということとして、現在の住民訴訟制度と合わせる必要がある。

この制度の最大の意義は、国の財務会計行為の違法性について判断を受けることにある。そこで、訴訟形態を違法確認訴訟に一本化し、違法であることが判断された後の損害賠償請求等の対応については、行政庁に委ねるという案も考えられる。

このような改正により、国に対する公金訴訟が認められれば、行政に対する訴訟が多くなることが予想される。訴訟が増えることは、行政との関係でそれだけ国民の権利が守られるというだけではなく、自らを変えられない硬直した行政組織に、改善の方向ときっかけを与えることができる。そうなれば、司法も行政の適法性を確保するとの本来の姿を取り戻すことも期待される。

ぜひとも公金検査請求訴訟制度を創設すべきである。α

元日から大量の震災報道が続いた。能登半島地震の被害は甚大で、悲惨である。新聞のルポやテレビの中継は全国の注目を集め、多くの支援につながった。情報の確かさは「オールドメディア」の底力を天下に示したと言える。

避難所で重宝されたのは新聞である。被災地では停電が広がった。道路が寸断されたため、復旧は難航した。電気がなければテレビは映らない。通信障害で電話もネットも使えない中で、活字は貴重な情報源となった。

●被災者は情報不足に

被害が大きかった奥能登では、北國新聞の販売所長らが被災しながらも避難所に新聞を届けてきた。被災者は食い入るように読んだという。周りで何が起きているのかも分からない状態に置かれて不安が募っていたのだろう。

地震発生から1カ月が過ぎる頃、北國新聞社が被災者に困っていることを尋ねたところ、225人のうち「情報不足」を挙げた人が51人と最も多かった。生きるためには食料と水に加えて、情報が大事になる。奥能登に取材と配達の拠点を置き、土地の事情に通じる地元紙の出番である。

震災後に求められる記事は何か。被災地の苦境と復旧の動きだけでは十分でない。読者の反応を見ると、被災者が元気になる話も紙面に欠かせないことが分かった。

非常時は生活に密着した情報も重みを増す。北國新聞は連日、特別の紙面を設けて給水や物資、入浴の支援、困り事の相談窓口などを細かく案内してきた。読者から「欲しかった情報がいっぱい載っている」といった投稿があった。

読者は天下国家の話だけを求めているのではない。どの病院が診療を再開したのか、開いている店はどこか。こうした情報も切望されている。それを間違いなく伝えるためには地道な確認作業が欠かせない。人手と時間が掛かる仕事ではあるが、非常時に回覧板の機能を果たしてこそ地元紙と言える。

避難生活が長引くと心に響く。「能登はやさしや土までも」と言われる半島に暮らす人々は我慢強い。避難生活にもじっと耐えているが、心の中は辛いはずだ。被災者の疲れた心に気を配るのも地元紙に期待される役割である。

北國新聞では、地震の10日後から「のとはやさしや」と題したコーナーを設けた。記者が被災者から聞いた思いを届けるコーナーである。「元気にしとるよ」という声は多くの人々の心を温めた。能登町出身のイラストレーター、なとみみわさんが「やさしすぎます。頑張りすぎです」と呼び掛ける4コマ漫画も被災者の心をほぐしたに違いない。

能登半島地震は紙の新聞の価値を実感する機会にもなった。能登は高齢者が多い。スマホを駆使して情報を得る人が主流ではない。避難所で北國新聞を手に取ったお年寄りは「ほっとする」と、つぶやいたという。紙の手触りに安心したのだろう。

紙の新聞であればスマホがなくても回し読みで情報を共有できる。大事な話が載っている紙面は切り取って張り出せばいい。政府や石川県は事態の推移に応じて新聞を活用した広報に取り組んだ。その情報はスマホに慣れないお年寄りにしっかり届いた。

読んだ後の新聞紙も役に立つ。敷物になるし、折ればゴミ箱として使える。体に巻くと保温効果は大きい。非常時だけでなく日常でも役に立つ場面は多い。

●能登密着が地元紙の使命

被災地の復興は長い年月を要するだろう。その間に能登の人口減少は加速する恐れがある。少子高齢化に過疎化といった難題が凝縮された地域である。立ち直ることができるかどうか、どのように再生するのかは日本の将来を占う。

その能登に生きる道を選ぶ人々に密着し、根気よく報道し続けることは地元紙に課せられた使命である。新聞の将来を占う取り組みになるかもしれない。

（論説委員長・髙見俊也）

小説

藤に酔う

八木　しづ

妙雲寺の門をくぐると地蔵群があった。中央に大きな地蔵が立ち、その周囲に小さな地蔵がひしめいている。

沢村綾子はしゃがみ込んで手を合わせた。こうやって訪れる者もないのか、地蔵たちには苔と黒ずみが目立つ。手向けられた赤や青の風車もすっかり褪め、野晒しの投棄物に見えなくもない。しかし時たま風がやってくると自らの機能を思い出したようにからからと回る。

風車をなぶる風に花の香りが絡んでいる気がして綾子は風上に鼻を向けた。甘く、微風で散らされてしまいそうなほど澄んだ香り。藤だ。やはり今でも藤棚があるらしい。

綾子はかつてこの町で暮らしていて、当時から妙雲寺には見事な藤棚があった。その藤棚を、夫だった橘弓彦と一緒に見物したことがある。弓彦との結婚生活は三年ほどで終わった。今の綾子は旧姓に戻って別の町で暮らしている。

妙雲寺を訪れることはもうないと思っていたが、先月、弓彦から電話があったのだ。突然の、予期せぬ相手からの連絡だったので「橘弓彦です」と名乗られても「あ、はい」としか答えられなかった。そんな反応がショックだったのか、弓彦はじっと黙り込んでしまう。綾子のほうもどうフォローしていいか分からず、受話口にも送話口にも気まずい沈黙が詰まっていく。

やがて弓彦が力なく切り出した。

「ご迷惑とは思いますが、助けてもらえないでしょうか」

弓彦は昔と同じように高校で古典を教えているのだが、三か月前から鬱で休職しているそうだ。そのせいで体が思うように動かず、自分のことを自分でできない状態が続いている。綾子は週に一度弓彦のアパートを訪れて世話をしてやることにした。とはいえ働きながらそれをするのは楽ではなく、勤め先の同僚には「お人好しだね」と呆れられた。別れた旦那なんて他人でしょ、と。綾子としては曖昧な笑みで誤魔化すしかない。

弓彦は徐々に生気を取り戻し、畳の上で林を作っていた空の缶やペットボトルを自主的に片付けるようになった。最近は一人で図書館通いもしているそうだ。しかし食品や日用品の買い出しはまだ難しいようで、そこは綾子が代行している。

「今度、欲しい物ある？」

先週の帰り際にそう尋ねると「藤の花」と返ってきた。綾子は少し首を傾げた。

「花屋で売ってるっけ？」

「だよね。やっぱりいいや」

弓彦は口ごもりながら目を逸らし、綾子は妙雲寺の藤棚を思い出したのだった。

妙雲寺は綾子たちの暮らした地区内にあった。結婚して引っ越してきたばかりの頃、町内会の一斉清掃で近くまで行ったことがある。世話好きの老女が新参の綾子を気にかけ、側溝の泥を掻き上げたり刈られた雑草を運んだりしながら町や寺のことを教えてくれた。

「この辺りはみんな妙雲寺の檀家だったの。町の端から端までほとんど全部。だけどこういう時代でしょう、すっかり減っちゃって。少ない檀家でお寺を維持するのって大変よ」

妙雲寺のそばには小さな建物があった。青い三角屋根に白い壁の、童話の挿絵を連想させる外観だ。『岡野ピアノ教室』という看板が出ている。

「大黒さんがやっているの」

老女が言い、だいこく、と綾子が訊き返す。老女は「住職さんの奥さんのこと」と答え、看板を見ながらひとりごちた。

「他にやることがあるだろうに」

どういう意味ですかと綾子が尋ねようとした時、吹く風の質がゆっくりと変化した。空気、あるいは匂いが変わったと言ってもいい。よく澄んだ、蜜のように甘い香りが漂ってくる。

一組の男女が台車を押しながら現れた。二人とも、年恰好は綾子と同じくらいだろうか。男は豊かに波打つ髪をラフに撫でつけ、清潔なシャツとコットンパンツを身に着けている。女のほうはつややかな巻き髪を胸まで垂らし、華美にならない程度の化粧をしていた。

「住職さんと大黒さん」

と老婦人が教えてくれたので綾子は少し驚いた。男が剃髪していないせいではない。彼の放つ空気が僧侶らしからぬものだったからだ。柔和ではあるのだが、二重瞼の彫りや小鼻の影には張り詰めた気配が住みついている。それは修行者特有の謹厳さというよりは、ある種の――もしかすると半ば先天的な――陰影に見えるのだった。

住職は岡野顕信、大黒は百合絵と名乗った。綾子が新婚であることを知り、顕信はゆったりした微笑を浮かべた。

「よろしければ、今度寺にお越しください。大黒が友人を欲しがっております」

「あたしに友達がいないみたいじゃないの」

百合絵が華やかな声で笑い、その仕草に合わせて香水が程よく香る。しかし先程流れてきた香りとは異なるようだ。

「橘さん」

不意に百合絵に手を取られた。綾子が思わず目を瞬かせると、じっとこちらを見つめる百合絵と目が合った。

「本当に遊びに来てくれません？　この町、若い人が少ないから」

「お邪魔していいんですか？」

「もちろんです」

と顕信が口を挟んだ。

「寺は檀家さんと共にあるものですから。それに、うちの花壇はちょっとしたものなんですよ。大黒が、季節ごとの花を沢山植えております」

「そうなんですか。じゃ、もしかして」

さっきの芳香は花のそれなのだろうか。しかもその香りは顕信から匂い立ってくる。いにしえの貴族の衣に薫香が焚き染められていたように、顕信の体は花の香りを吸い込んでいるのかもしれない。

「花の匂いでもいたしますか？」

綾子の心中を察したように顕信が目を細めた。

「お許しください。花々に囲まれているとこうなってしまうのです」

「薫みたい」

百合絵がまたころころと笑い、顕信は「匂宮だよ」と苦笑する。綾子は思わず見惚れてしまった。なんとも絵になる二人だ。

その晩、綾子は弓彦に顕信たちのことを話した。

「住職さんと大黒さん、雰囲気のある人たちだった」

「どんな？」

「大黒さんがすっごく綺麗。住職さんも独特で、いい匂いがした。花みたいな」

「薫？　いや、匂宮か」

「それ何？　お二人も同じこと言ってた」

「源氏物語の登場人物」

「へえっ。初めて聞いた」

「教科書には出てこないもの」

弓彦は少しだけ笑った。楽しそうな笑みだった。

「次の清掃、僕も行こうかな」

その言葉通り、翌月の一斉清掃は夫婦で参加した。顕信と百合絵も現れて、百合絵は先月と同じように熱心に話しかけてくる。お喋りを得意としない綾子は言葉に詰まる場面も多かったが、代わりに弓彦が積極的に会話を引き受けた。話好きというわけでもない弓彦にしては珍しいことだった。

自宅での夕食後、綾子は食器洗いをしながら弓彦に詫(わ)びた。大黒さんの相手を押し付けたみたいになってごめん、と。しかし弓彦は「平気平気」と上機嫌で皿を拭いている。

「大黒さん、住職さんとは高校の同級生だったんだって。同窓会で再会して、住職さんから交際を申し込まれたって。住職さん、高校の頃から大黒さんが気になってたそうだよ。まあ、美人だしな」

綾子は「そうだね」と応じつつ百合絵の姿を思い浮かべた。今日も髪は丁寧に巻かれていたし、化粧や服も悪目立ちしない程度に華やかだった。加えて、あの朗らかな人柄。誰もが彼女に好もしさを抱くだろうと綾子は思う。しかし町内の高齢者たちは百合絵に対してどこかよそよそしい。

「大黒さんが、どうして自分を選んだのって住職さんに訊いたことがあったんだって。高校時代の住職さんは女子と距離を置いていたように見えたから」

弓彦が饒舌(じょうぜつ)に語り続ける。

「そしたらね、寺の息子だから交際には慎重になってたんだって。過去にクラスメイトとちょっと付き合った時、親から相当口出しされて参ったみたいで。けど、この人ならと思って大黒さんに交際を申し込んだそうだよ。そろそろ結婚しなきゃいけない時期だったみたいだし」

「そんなことまで聞いたの？」

「お喋り好きみたいでさ。あ、大黒さんはピアノ教室を開いてるんだって」

「私も見た。子供が通うのにいいだろうね」

白い小皿をすすいで水切りかごに置く。直後、ちょっとした衝撃音と破裂音が響いた。綾子が驚いて手を止めると、砕け散った小皿を前に弓彦が狼狽(うろた)えていた。

「ごめん。手が滑って」

「あ、触らないで」

白い破片を拾おうとする弓彦を制して綾子は掃除機を取ってきた。背後で弓彦が「ごめん」と呟(つぶや)いた。

今にして思えば、あの頃の弓彦は少し変だった。元々大人しいほうなのにやけに動き回ったり、その反動のように一日中ぼんやりしたり。綾子は心配したが、学校でちょっと問題が起こっているのだと弓彦が言うので口出しはせずにいた。しかし離婚への道が舗装され始めたのはこの時期からだったかもしれない。

綾子は妙雲寺の本堂へ向かった。人気はない。というより、人の出入りがないことを示すように空気が静止している。居宅のほうに回ってみたが、玄関のガラスは曇っている。声をかけても返事はない。自慢の花壇も荒れ果てていた。花園ほどの規模を誇っていたそこは、今やすっかり雑草に侵略されている。

雑草の間から伸びるアルストロメリアを踏まないように歩を進めた。藤の香りが、綾子をいざなうように強くなっていく。ほどなくして、野放図に伸び広がった藤の姿が目に飛び込んできた。太い蔓は周囲の草木を呑み込まんばかりにうねり、崩れた様相を見せている。もつれながら地面まで垂れたもの。大蛇のように庭木を締め上げるもの。もはや藤棚としての形は留めておらず、綾子は暫し放心した。最後にこの藤を見た時から色々なことがあって、月日もずいぶん経ってしまった。しかし花の色や香りはあの頃のままだし、風で千切れそうな花序の軸の細さも変わっていない。結局、変わったと思えばいいのか、変わっていないと思えばいいのか。感情の足場をどこに置けばいいのか分からなくなる。

顕信はどうしているのだろう。この藤棚は顕信が自分で剪定していた筈なのだが。寺に招待され、庭を散策していた時に手入れのことを聞いた記憶がある。

「住職さんが、ご自分で？」

とあの時の綾子は驚いた。顕信は「ええ」と肯き、

「藤は生育力が旺盛で、少し放っておくと大変なことになるのです。手入れのされていない山林などはあっという間に藤まみれになってしまう。

あれほど恐ろしい光景はありますまい」

まるで見てきたかのように眉を顰める。綾子は「そうなんですか?」と藤棚を仰いだ。この頃の藤棚は高級官僚の頭髪のように端整だった。

「でも、綺麗ですよね」

何気なく言うと、顕信が少し両眉を上げた。そして肯く。

「私も大好きです」

それは藤への言葉であっただろう。しかし「大好きです」と言った時の顕信の視線は別の場所へ飛んだように見えた。その先では百合絵と弓彦が談笑していた。何の話題なのか、かなり熱心に話し込んでいる様子だ。綾子は思わず呟いた。

「夫があんなに喋るところ、初めて見ました」

「古典の先生だそうですね。百合絵は古典が好きなので、話が合うと申しておりました」

「百合絵さん、やっぱり博識なんですね」

「色々勉強しているようです。古典に言語、音楽、歴史。この庭もほとんど彼女が作りました。園芸のことを一から学んで」


「へえっ。凄い」

ぐるりと庭を見渡すとそこここで大小の蕾が綻んでいるのが分かる。薔薇に牡丹、芍薬。日向には油彩絵の具のように色の厚い金盞花やマリーゴールドが寄せ植えされ、楓とおぼしき木が新緑を翻らせていた。顕信の話ではクロッカスやチューリップ、コスモス、スノードロップなども咲くそうだ。

しかし水際立っているのはやはりこの藤棚だろう。房飾りのような花序がいくつも垂れ、そのひとつひとつがあるかなしかの風に揺らぎながら芳香を滴らせている。花柄の先で反り返る花弁は見る者を引きずり込むような紫で、赤と青を混ぜてもこんな色合いにはなるまいと綾子は思う。藤の色はただ藤色だ。

ワルツでも踊るような足取りで百合絵がやってきた。

「提案があるの」

光沢の乗った巻き髪を揺らし、胸の前で両手を組み合わせる。

「橘さんと話していたのだけど、ご近所の方を誘ってバーベキューをしない？　このお庭で、藤を見ながら。デザートは私に任せて」

この時の百合絵はピアノ教室を畳み、小さな喫茶店を開いていた。

「お寺でお肉を焼くなんて、ばちが当たりそうですね」

弓彦が言うと、百合絵は歌うような声で笑った。

「ばちなんてものがあるならとっくにあたしたちに下ってる。ねえ?」

笑みを保ったまま顕信を見上げる。顕信は苦笑いだけで答えた。バーベキューか、と綾子は思った。大勢の集まりは得意ではないが、花を愛でながらの飲食は乙だろう。土地に馴染むためにも気楽に参加すればいいのかもしれない。

スマートフォンへの着信で綾子は我に返った。妹からだった。通話ボタンをタップすると、妹は入院中の父の容態を話した。

「できればお姉ちゃんも顔出してあげて。お父さん、すっかり気弱になってるから」

「考えとく」

「まさかまだ弓彦さんの世話してるの?」

「うん。お父さんのことを押し付けてごめん」

「そんなことを言いたいんじゃあないのよ。なんでそんなに弓彦さんを気にかけるの?」

弓彦を責めるような響きが言外にある。綾子はかすかに目を伏せた。

「頼れる相手が他にいないみたいで」

「だとしても図々しくないかな」

「私はそう思ってないから」

「ねえお姉ちゃん」

もどかしそうに、急き込むように妹は言った。

「今だから言うけど、弓彦さんって不倫してたと思う」

「例のお寺さん?」

「そう！　ピアノ教室や喫茶店をやってた大黒さん。弓彦さん、彼女の話ばっかりだったじゃない。大黒さんがああ言ってたー、こう言ってたーって」

「よく見てるねえ」

「そりゃ、不倫って精神的な殺人だから」

大袈裟ではないだろうかと綾子は思ったが、それを口にすることは憚られた。妹は配偶者の不貞で離婚した身だ。今は平穏に暮らしているが、不倫発覚直後は心身のバランスを崩して精神科通いをしていた。

「ごめん。お姉ちゃんがいいならいいよね」

妹はわざと明るく言った。

「でも無理だけはしないで。じゃないとパンクしちゃうよ」

あたしみたいに、と付け加えてけらけらと笑う。綾子は礼を言って通話を終えた。

ひとつ、深く息をつく。耳から流れ込んだ妹の声が疲労となって頭の芯に絡み付いている。弓彦を非難されたことが想像以上にこたえたようだ。もっとも、離婚は全て弓彦のせいということになっているので妹の態度も分からなくはない。

きっかけはやはりあのバーベキューだったのだろうか。

当日は岡野家に十数人が集った。子供がいたほうが賑やかだろうと百合絵が言い出し、百合絵や顕信の知り合いがファミリーで参加したのだった。しかし子供たち同士は親しいわけでもないらしく、なかなか打ち解けられない。そのうち離れた場所でゲーム機と睨めっこする者も現れた。子供好きを自称する百合絵は子供たちの世話を焼きたがるのだが、どうにも空回ってばかりいる。

「すみません、お気を遣わせて」

子供の親たちが百合絵に詫びる。シンプルなカットソーにデニム姿の百合絵は「いいえー」と華やかに笑った。

「あたし、子供への接し方を知らないんです。子供がまだだから」

「そうだったんですか」

親たちは相槌を打ちながら気まずそうに目配せする。百合絵がまた笑い声を上げる。

「早くコウノトリさんに来てほしいんですけど」

「お若いし、すぐですよ。妙雲寺さんのお子さんならさぞ聡明でしょうね」

結局バーベキューは早々にお開きとなり、百合絵と綾子はゲストの見送りに立った。家族らの姿が見えなくなった後、にこやかに手を振り続けていた百合絵がいきなりクラッチバッグを開けた。

「吸っていい？」

メビウスのパッケージを取り出しながら言う。煙草（たばこ）だ。綾子は目を丸くしつつ「あ、はい」と肯いた。

百合絵はライターを煙草に近付け、ひと吸いし、煙を吐いた。一連の仕草はやけに板に付いていた。子供を欲しがっているのにと綾子が意外に感じていると、百合絵は肩をすくめてみせた。

「疲れちゃったから」

「賑やかでしたもんね」

「ああ。そうよね」

百合絵はなぜか噴き出し、「あなた、いい人ね」と言って煙草を携帯灰皿に押し付けた。最後の一呼吸のように立ち上った紫煙が、長く反り返った睫毛（まつげ）を掠（かす）めていく。

「ちょっと休んでいかない？」

百合絵は綾子の腕を取り、自身の経営する喫茶店へ案内した。妙雲寺そばの、少し前までピアノ教室だった建物だ。中に入ると真っ白でふわふわしたカーテンが目に飛び込んできた。全ての窓にレースとフリルたっぷりのカーテンが結わえられ、その上から造花のオリヅルランが絡まっている。壁にかかっている様々な色や形のリースやコースターは手作りだろうか。レジ脇のガラスケースには、同じく手製らしいビーズアクセサリーや和紙人形が陳列されている。

綾子は猫脚の椅子に腰かけながら尋ねた。

「これ、百合絵さんが作ったんですか？」

「ええ、カルチャーセンターで。ごちゃごちゃしてるでしょ。でもいいの、あたしのお城だから」

好きな物を何でも並べたくなるの、と笑う百合絵を見て綾子は妙雲寺の花壇を思い出した。あの統一感のない取り合わせ。

「花壇もですか？」

「そう。一時期熱中してた」

「じゃあ、藤棚も？」

「あれは住職の趣味。あたしは桜を植えたかったんだけど、ま、どっちでも同じよね。要は慰みになればいいわけ」

百合絵の口調が投げやりになっていることに綾子は気付いた。

「でも、このお店はもう駄目かも。全然お客さん来ないし」

ケトルから噴き上がる湯気を見ながら百合絵は頭上を仰ぐ。天井が低い。

「もう畳もうかしらね。檀家からもあれこれ言われてるし」

「そうなんですか?」

「ええ、色々と」

百合絵がティーカップを運んできた。綾子は礼を言ってカップに口を付け、おや、と首を傾げた。紅茶と思って飲んだのだが、ほうじ茶に似た香りと渋みがある。味もずいぶんどっしりしているようだ。何のお茶なのか訊くために顔を上げると、対面に座った百合絵と目が合った。彼女はじっとこちらを見つめていた。

「あたしと住職のこと、聞いた?」

「コウノトリがどうこうっていう?」

「うふふ」

百合絵は頬杖(ほおづえ)をついて緩慢に笑った。どこか崩れた感じのする笑みだった。

「そうだけど、そうじゃあないのよ」

次の瞬間、綾子はぎょっとした。カップを持った手に、百合絵の手が伸びてきたのだ。百合絵は綾子の指の股に控えめに指先を滑り入らせた。百合絵は綾子の手からカップを離させようとするかのように。綾子が全身を硬直させてカップを握り締めていると、百合絵があることを尋ねた。綾子は目を揺らした。

半ばほど残った紅茶が冷めていく。

「ごめんなさい、変なこと言って」

百合絵はにっこり笑って手を離した。その後「戻りましょ」と綾子を促し、喫茶店を後にした。

妙雲寺の庭を進み、先に足を止めたのはどちらだったか。

藤棚の下のベンチに顕信と弓彦が腰かけ、藤の木陰が蚊帳のように二人をくるんでいた。顕信は緑色の酒瓶の中身を猪口に注ぎ、弓彦も同じ猪口を手にしている。二、三口飲んだ顕信は弓彦にも酒瓶を向けるが、下戸の弓彦は困ったように苦笑いするだけだ。行き場を失った瓶の口が酒に濡れ、不規則に木漏れ日を反射する。同じ光が二人の上にも降っている。藤が風で揺れる度にちらちらとした光が二人を行き来し、蚊帳に穴が開いているみたいだと綾子は思う。

「あ、お帰り」

二人に気付いたのか、弓彦が慌てて腰を浮かせた。顕信は何事もなかったかのように立ち上がり、ベンチ脇に置いてあったバケツを綾子に差し出した。

「剪定で出た物ですが、お持ちください。以前、弓彦さんと約束しておりまして。藤は花屋では出回りませんから」

伐り落とされた藤の枝が無造作に入れられていて、綾子は目を瞠った。それより驚いたのは匂いだった。ふわりと膨らんで尾を曳く余韻は花の香りとは異なる気がする。

「ありがとうございます。なんだかいい香り」

「切り口に日本酒をかけました。藤はお酒を吸わせると長持ちいたします」

いつもの柔らかな調子で言い、顕信は「普通の切り花よりは短命ですが」と付け加えた。

綾子と弓彦は藤を持ち帰って花瓶に挿した。結婚した時にもらった小さな花瓶しかなかったので花序が垂れて畳に着いてしまう。しどけなく寝そべった藤を弓彦はぼんやり見つめていた。藤と日本酒の香りが、満ちる潮のように部屋を浸していく。

「晩酌でもしない？」

やがて弓彦がそう言い出した。珍しいことを言うものだと綾子は思ったが、藤と酒の匂いに誘われたこともあって「いいね」と肯いた。適当なつまみを作って少しずつ飲むうちに二人の距離が縮まり、気が付くと弓彦の腕が綾子の肩にあった。その手を背中から腰へと伝わらせ、弓彦は綾子の髪に顔をうずめた。

「いい匂いがする」

そして雪崩れ込むように事に及んだ。綾子は呆気に取られたし、戸惑っていた。淡白な弓彦がこんな振る舞いをするなんて。弓彦の体がこんなにも熱いなんて。綾子の体も熱かった。その一部始終を、斜め上からもう一人の綾子が冷めた目で見下ろし続けていた。その綾子が誰にともなく呟く。違うでしょう。違うでしょう。

「どうかされましたか」

背後から、静かな男声。声の主を半ば予期しながら綾子は振り返る。白髪交じりのぼさぼさ頭、無精ひげで覆われた頬。しかし髪の間から覗く目には確かに見覚えがあった。

「住職さん、お久しぶりです」

「綾子さん？」

顕信もこちらを思い出したらしく、親しげに頬を緩めた。

「買い物に出ておりました。先程帰宅して、人影が見えたもので」

「怪しい真似をしてすみません。実は」

弓彦が藤を欲しがっていることを話す。顕信は快諾し、物置からバケツと高枝切り鋏を持ち出してきた。鋏を持ち上げ、高い場所にある藤の枝を伐ろうとする。地面の近くにも花序はあるのだが、やはり高所から垂れている物のほうが花姿は美しい。ところが顕信の鋏はしきりにふらつき、なかなか狙いを定められないようだ。挙げ句、狙った枝とは別の箇所を断ち落としてしまう。

「すみません、久々なもので」

顕信は困ったように綾子に笑いかけた。

「こちらこそ、無理を言ってしまって」

「弓彦さんとは今も仲良しなんですか？」

「別れました」

「あら」

「連絡があって、時々様子を見に通ってるんです」

「そうなのですか」

顕信は噛み締めるように言い、深く頷いた。

「そういう形もあるのですね。うん、お二人はそんな感じ」

「百合絵さんはお元気ですか？」

「ええ、まあ。今はカラオケ喫茶を経営しています」

「相変わらずアクティブですね」

「反動でしょう。私が苦労をかけ通しだから。せめて百合絵のすることを応援したい」

顕信の口調はやっぱり穏やかなので綾子は何も言えなくなってしまう。バーベキューの後に知ったのだが、百合絵が檀家から責められる度に矢面に立ったのは顕信だった。「私たちのお布施で好き放題して」、「跡継ぎも産まずに何をやってるの」という声を、顕信が頭を下げたり挨拶（あいさつ）回りをしたりして収めていたようだ。

ばちん、と藤を伐り落とす音。藤の束が地面に落ち、弾む。それを数度繰り返したのち、顕信は慌てて居宅に戻った。

「すっかり忘れていました」

瓶ごと持ってきた日本酒を藤の切り口に無造作に浴びせ、バケツに数本挿して綾子に渡した。

「弓彦さんによろしくお伝えください」

「ありがとうございます。突然お邪魔してすみませんでした」

「お気になさらず。すみませんが、ここで失礼してよろしいでしょうか。少し剪定したいので」

藤を見上げる顕信の髪や顔の上で木漏れ日たちが戯（じゃ）れ合っている。顕信は眩（まぶ）しそうに額に手をかざし、独り言のように呟いた。

「久しぶりに整えたくなりました」

「じゃあ、失礼します。ありがとうございました」

綾子は深々と頭を下げて去った。

来た時に見かけた地蔵の列が待っていた。綾子は来た時と同じように手を合わせた。赤いよだれかけや赤い帽子を着けた地蔵たちの前で百合絵のことを思い出す。

喫茶店で手を握られたあの時、百合絵はいきなり核心に触れようとした。

「お宅のご主人、うちの住職と同じじゃない？」

「どうしてですか？」

「ご主人の目当てはあたしじゃなくあの人でしょ？　あたしにあの人のことばかり訊くもの。ということは、あなたもあたしと同じじゃないかなって」

綾子は答えられなかった。弓彦の性的指向には薄々感づいていた。恋人時代から性交はごくたまに、短時間行われるのみだった。しかも弓彦のやり方は事務的かつ義務的で、緊張感に満ちていた。自分はちゃんと女を抱いた、これでいいだろうと、ここにいない誰かに言い訳しているかのように。

性欲が弱いほうなのだと弓彦は言っていたし、綾子自身も淡白なので気にしたことはなかった。弓彦の秘密に気付いたのは顕信たちと知り合ってからだった。

「八方塞がりなのよ」

綾子の手を握り締めたまま百合絵は声を震わせる。

「あの人は子作りできない。同性が好きだから。けどそこを責めちゃいけないのよね。相手が異性なら不倫なのに。あたしの受けるダメージは同じなのに」

「やめてください」

綾子は顔を歪めて乞うた。

「百合絵さん、今とっても苦しそうな顔してます」

「苦しいわけないでしょ」

百合絵はぴしゃりと言い、

「逆手に取ればいいのよ。自分の人生を目いっぱい楽しめばいいの。だから勉強や習い事を沢山したし、お教室やお店だって開いたわ。けど」

目を伏せる。シックなローズブラウンのアイシャドウが、水滴でも落とされたかのように滲んで消えかけている。

「そんなもの欲しくないって思い知っただけ。あたしはずっと空っぽのまま」

「子供がいないと空っぽなんですか？」

「望むものを得られるかどうか、かな」

百合絵の目が煌めく。怒りにも涙にも似た強い光で。綾子は強情な子供のように唇を引き結び、百合絵の手をそっと押し返した。百合絵は傷付いた少女のような表情を浮かべたが、すぐに何食わぬ顔に戻って詫びた。

地蔵の足元で緩慢に風車が回る。からから。からから。乾いた音で。中心に立つ大きな地蔵の錫杖(しゃくじょう)が今にも鳴り出しそうだ。この錫杖で大きな地蔵は小さな地蔵を導くのだという。小さな地蔵はこの世に生まれなかった子供たちの代わり。つまりこの地蔵群はオーソドックスな水子地蔵だ。習慣で、綾子は水子地蔵を見かける度に手を合わせることにしている。


買い物をしてアパートに戻り、玄関を閉めた。途端に藤と酒の香りがむっと湧き返る。パジャマのままのっそりと出てきた弓彦が、綾子の手荷物を見て目を丸くした。綾子はエコバッグを持ち上げ、

「飲む?」

と日本酒の小瓶を取り出してみせた。藤のために途中で買ってきた物だった。弓彦は黙ったまま肯いた。

キッチンを借り、綾子は買ってきたばかりのヤリイカと生わかめの下ごしらえを始めた。ヤリイカを茹(ゆ)でるための湯を鍋で沸かす。その間にヤリイカの内臓を引きずり出し、身の皮をふきんで剥いでいく。鍋の底がじりじりと熱くなり始めた頃、後ろからおずおずと弓彦がやってきた。

「いい匂い」

彼が髪に鼻を近付ける気配。綾子は振り返らずに訊く。

「藤?」

「と、お酒かな。いい匂い」

弓彦の鼻の先が綾子の髪に触れ、潜る。

バーベキューの後のあの夜、綾子はずっと疑っていた。自分は顕信の代替にされているのではないか、と。綾子を抱いている間じゅう、弓彦はずっと苦しそうな顔をしていた。彼にとってこの営みは本意ではないように見えた。愛さなければいけないのは顕信ではなく綾子なのだと懸命に自分に言い聞かせているようですらあった。

翌月、妊娠チェッカーに陽性反応が出て綾子は

仰天した。弓彦は魚のようにぽかんと口を開けた。その顔の上で、様々な感情が定まらぬまま入れ替わり続けていた。彼は一言も発さぬまま自室にこもり、一晩中出てこなかった。翌朝綾子が起こしに行くと、弓彦はつけっぱなしのパソコンの前で突っ伏して眠っていた。モニターには姓名判断のサイトがいくつも表示されていた。その日のうちに綾子は産婦人科の予約を取った。

「おめでとうございます」

医者はそう言い、妊娠中の注意事項のリストを寄越した。その一つ一つを、綾子は新一年生のような生真面目さと臆病さで順守した。だから何かがあったとも思えないのだが、三度目の検診で医者の顔が曇った。あ、と綾子は思い、真っ先に弓彦のことを案じた。

果たして弓彦は瞬時に顔色を失った。

「僕が同性愛者だから？」

彼がそう口走った時、綾子は呆気に取られた。弓彦の性が今回のこととどう関係あるのだろう、と。しかし弓彦は狼狽えたまま言う。自分の遺伝子はきっと人と違っている、それが原因でこうなったのではないかと。綾子はすぐさま否定した。何度も何度も、時には語気を荒らげて「そんなわけない」と繰り返した。しかし弓彦はどこまでも自分を責め続け、綾子はかける言葉を見失ってしまった。痛いほど理解できたからだ。夫は、夫なりに綾子と子を大切に思っているのだと。

弓彦が綾子に手を触れることはなくなった。暫くして離婚が決まり、弓彦は「全て僕が原因です」とだけ言って綾子の実家の畳に手をついた。弓彦本人が、自身の性的指向を伏せるためにそういうやり方を望んだ。

剥(む)き身のヤリイカを俎(まないた)に置き直し、包丁で輪切りにしていく。春のヤリイカは小ぶりだが、官能的なまでに柔らかい。海の芳しさをたっぷり抱いた生わかめとの組み合わせを想像しながら綾子は顕信を思い浮かべる。彼も彼なりに苦悩していたのだろうか。だから百合絵の盾であり続けたのだろうか。

続けて百合絵のことを思い出す。喫茶店でのあの時、自分は百合絵とは違うと思った。綾子には弓彦との生活以外に欲しいものなんてなかったから。けれど今は自分と百合絵が同じであればいいと思う。彼女が、自分と同じく連れ合いに大切にされていればいいと願う。

思考がまとまらない。頭がぼんやりする。藤と酒の香りにあてられたのかもしれない。

鍋の蓋（ふた）がカタカタ震えて沸騰を告げた。綾子は火を止めて弓彦を振り返った。弓彦は怯（ひる）んだように腰を引いたが、逃げることまではしない。綾子は蝶（ちょう）の翅（はね）に触れるような注意深さで弓彦の手を捕まえた。夫だった男の手。昔より骨の目立つ手。その指の皺（しわ）の一筋一筋を見つめながら呟く。

「私、酔ったかも」

「うん」

弓彦は綾子の手を握り返し、「僕も」と付け加えた。合わさった膚（はだ）から体温が移り合う。二人ともほろ酔いの温度になっていく。

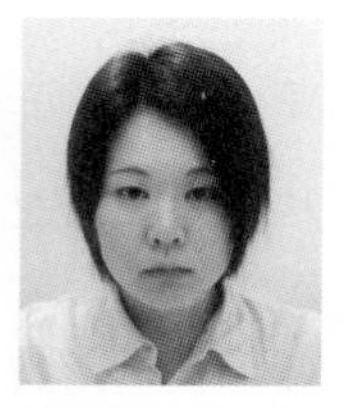

八木しづ（やぎ・しづ）
１９８４（昭和59）年、宮城県生まれ。金沢市在住。

小説

あのとき私は死んでいた

西野　千尋

こんなにも彩りの少ない季節だったろうかと思った。

田んぼには、黄色い穂波が重そうにしなだれているのに、道端の木々にも、民家の庭にも、緑のほかの色が見えないのである。

もう、ひと月もしたら、街路樹も色づき始めるはずだが、自動車の窓に流れていく光景に、目を留めるような色彩は見られない。

今年の夏は、とにかく暑かった。三十五度前後の日が毎日のように続いたのである。九月の半ばになっているというのに、まだ暑さから逃れる術（すべ）を探さねばならなかった。秋は、まだずっと先にあるように思われた。

車は、狭い道に入って、民家の間を抜けていこうとした。

ふと、目をやると、少し高いところに明るい色が、一つ見える。民家の庭に、まことにそれだけというように、鮮やかな色が見えたのである。

私は、アクセルから足を離した。

百日紅（さるすべり）である。

呼吸を整えた。

さっきから、その名を確かめようもない緑の木々の過ぎ行くさまを見ていた私は、息づく思いで、ブレーキを踏んだ。

民家の塀越しに覗(のぞ)く、薄紅色の花は、いかにも爽やかに見えるのである。

*

幼い頃、庭の中ほどに百日紅が咲いている家があったことを覚えている。私には、それが高貴な花のように思われて、そこに住む子供のことを様々に想像しながら、羨(うらや)ましく思ったものだった。百日紅の木は、村のどの家にもあるというわけではなかった。

大人の中には、百日紅の木を嫌い、庭にこの花を持ち込むことを忌避している人もいた。子供がその木に登り、落ちて怪我(けが)をするからということらしかった。

高く伸びた百日紅は、枝を大きく広げて、紅色の花が、あるいは真白の花が、その下を通る人々を見下ろしていた。

百日紅の木が、庭の泉水の側にある家もあった。納屋の屋根の下から覗いているものもあった。

私は、その側を通ると、辺りを憚(はばか)りながら、滑らかなその幹をそっと撫(な)でていた。

滑らかな幹を指でなぞっていくと、残酷なたくらみが、私の心を襲った。

私は、爪の伸びた人差し指の指先を、百日紅の木にこすりつけた。

しかし、爪は幹の固さに負けて、私は、そのたくらみを止めねばならなかった。

私の小さな指は、血液を滲(にじ)ませたのである。

私は、そっと指先をなめた。

私の家には、百日紅の木はなかった。

*

私は、鼠色(ねずみいろ)の半ズボンがずり落ちるのを手で抑えながら、小川に沿った細い道を駆け、生け垣を抜け、家の中に入ろうと、玄関の石段をのぼりかけていた。

家の中から罵りあう声がした。物が投げられる音がした。

私は、石段に掛けた足を一つ二つと下ろし、土の上で足を止めた。

玄関に背を向けて納屋のそばまでくると、一旦は静まりかえった家の中に、今度は間を置いて、また、怒鳴り声が届いてきた。

私は、いつもの怒声に呆れながら、こんな場面から逃れる術を知っていた。

庭の外に飛び出し、小道を小川に沿って駆け抜ければよいのである。すぐに幅の広い農道に出る。傍らの用水路を、流れの速い水が走っていた。

小道に沿って流れている小川は、大きな用水路に注ぎ込んでいた。

私は、用水路が側を流れる農道に出るまで、懸命に駆けることにしていた。

そうすると家の中の怒鳴り声は、たちまち消えていくのである。

私は、その声が耳元から去っていくと、爽快な気分にさえなった。そして音を立てて流れる水の傍らをゆっくりと歩いていくのだった。

*

私は、鬱屈していた。

取り分けて、これという理由があるわけでもなかった。

強いて言えば、八十に近くなった年齢のせいかも知れない。

妻は、したり顔に

「老人性の鬱というものじゃないの」

などと言う。心の中で否定するのだが、それが、病気であれば、症状は、「億劫」「面倒くさい」などという形に特徴的に表れていた。

老人には、取り立てて今日やらねばならないということなどはない。それではいけないと思って、無理に、あすの為すべきことを紙に書いて机の上に貼りつけておくのだが、次の日には、

「別に、今日、やらなければならないということでもないだろう」

とつぶやくと、簡単に納得してしまうのである。

机の上の紙切れはなんの役にもたたず、数日は放置されたままになる。

確かに、肉体的な衰えを感じることは、しばしばだった。

「できるはずだ」と思ってやることが、ことごとくできない。

ことに、歩くことに苦痛を覚えるようになったのは憂鬱を深くしていた。しばらく歩くと、足がもつれる。動悸が激しくなる。

だから、軽快に歩いていく人を見ると激しい動揺を覚えた。

まして、駆け足で前を過ぎていく人を見ると、「無作法な人だ」と怒りさえ覚えるのである。

前後に足を動かすことに難渋している人間の前を、闊歩していくというのは、なんと憚りのないことだろうと思うのであった。しばらくは、その後ろ姿を見つめていたこともある。

「記憶」について考えることを、どうやら私は迂回しようとしていたらしい。

興味をもって、興奮さえ覚えながら読んでいた本を伏せてみると、人物名も地名も全く頭に残っていないことに気付き、もう一度そのページを開かねばならなかった。

テレビの旅番組や、歴史番組を、私は、好んで見ていた。

しかし、私の側を通り過ぎた妻が、テレビにちょっと目をやって「この間やっていた番組よね。この場面は、見たことがあるわ。再放送かしら」などと言うと、愕然とするのである。私は、初めて見る番組だと思って、テレビに見入っていたのである。しばらく見ていると、ゲストの顔などが、確かに以前にも見たように思えてくる。

私は、すぐにチャンネルを切り換えねばならなかった。

妻が呼んでいるらしい。台所から、おそらく流し場に向かったまま私を呼んでいるのだろうが、いらいらしたその響きだけが聞こえて言葉が伝わってこない。

生返事をしたままで、言葉の内容を確認しようとする意志も起こってこない。

引き戸が開いて、茶の間の襖に手を掛けたまま、妻が立っている。

ようやく妻のいらいらの理由が分かった。

分かったからと言って、それを解決しなければならないという思いは、すぐに起こってこない。

「ちゃんと、連絡してくれたの」

そう言っている。

同じことを以前も言われたような気がする。

「そうだったね」

と言うと、妻の苛立ちの声がさらに募った。

来年の春に両親の法事をする予定だが、そのことを親戚の叔父や、東京の弟に連絡してくれたのかということだった。

叔父には、町で会った時に、叔父の方からそろそろではないかと言われて、話のついでに伝えてあったが、弟には、まだまだ先のことだと思うばかりで、全く忘れていた。

「向こうにだって予定というものがあるでしょうし、来年と言っても、すぐのことよ」

妻の、呆れた声が途中で切れた。

言われてみて気付くのだが、頭の中に、知らせねばならないという気持ちの、その片鱗もないのに我ながら驚いていた。

「ああ、今日にでも電話しておくよ」

自分にしっかり言い聞かせていた。

*

父親と母親は、よく諍（いさか）いをしていた。何が理由なのか、小さな私には分からないことだった。いや、実際、取るに足らないことだったのだろう。

大抵は、父親が物を投げるか、手をあげるかで終わったが、不思議なことに、諍いが終わると、父親は、母屋から走り出ると別棟の納屋に駆け込むのであった。

納屋の一画には、蓆（むしろ）を二枚ほど敷いて作業をする場所があった。父親は、そこで縄をない、傍らの機械で黙々と蓆を織っていた。

母親との諍いで、怒りに任せて母屋を飛び出した父親は、憤然としたまま、納屋の蓆の上で藁（わら）を手にしたり、時には、そこで一晩を過ごしたりすることもあった。

暗い裸電球が低く垂れさがっているその下で、器用に足を使い、藁を伸ばして手を動かすのである。

鼻息を荒くしながら作業している間に、激しい息遣いは収まっていくらしかった。

母屋では、投げつけられて散乱した食器類のかけらを、母親がただ、黙々と拾い上げていた。私は、柱の陰からじっとその屈（かが）めた後ろ姿を見ていた。

時折、今、目の前で起こっているこの混乱は、現実のことではない、ほんのつかの間の夢なのだと思うことがあった。というよりは、夢の中のことであってほしいと願っていたのである。

目の前の現実を、何かの魔法で全て消してほしいと思うのだった。

しかし、柱の陰から見ている茶碗のかけらは、元に戻るはずもなかった。

そして。物を投げつけるような父の癇症（かんしょう）は、父だけのものではないようであった。

私は、幼い頃、「疳（かん）の虫」がついていると言われて、村の祈祷師（きとうし）のような老爺（ろうや）の所へ連れて行かれたことがあった。

しかし、疳の虫を取ってもらっても、私の癇（かん）癪（しゃく）は収まらなかった。

しばらくして感情の沸騰がさめると、やはり、自分の発した言葉や、散乱したあれやこれやが夢のできごとであってくれればと思うことがあった。

憤然として納屋に行った父親と、黙々と茶碗のかけらを拾っている母親を思い出すたびに、親の為したことを反復している自分を見て、身を震わせるのだった。

「疳の虫」のことだが、時折身体を揺する「ひきつけ」を母親も父親も心配していた。

父親は、隣村の老爺の所へ連れて行けばよいと言った。私は、歩けぬ年齢ではなかったが、隣村までは大分距離があったから、父親は私を背負って自転車に乗り、隣村まで連れて行ってくれたのである。

父親の背中で、私は、何の不安も抱かず、これから起こることを想像することもなく、むしろ、背中に括（くく）られて、移動していく景色を楽しんでいた。

稲刈りを終えた田んぼ道には、稲穂の匂いが漂っていた。

細い道に沿って、丸太と竹で組み立てられた稲架木（はさぎ）が連なって、刈り取られた稲が乾燥を待っていた。

自転車が進むとともに、稲の匂いが過ぎていくのだが、顔を押し付けている父親のシャツの汗臭い匂いが遠ざかることはなかった。

暗い部屋の囲炉裏（いろり）を前にして、老爺は蓆の上に座っていた。

口を閉ざしたまま、灰の中からわずかに顔を出している囲炉裏の火を見つめている。父親が一言二言、言葉を掛けると、老爺は、物憂さそうに立ち上がって、部屋の隅の棚から何かを持ってきた。硯（すずり）と筆である。黙って墨をする老爺の指先が、鶏の足のように思えて、私は不安を覚え始めた。

「裸になれ」

老爺は、私を手招きすると低い声で言った。

私には、その言葉の意味が分からなかった。

「服とシャツを脱げ」

それだけ言うと、黙って、また墨をすりだした。

父親は、私を前に押し出すと、早く服を脱ぐように促した。

私は、不安を覚えながら、老爺の前で裸になり、正座した。

墨をする手の動きは、静かで規則的なのだが、なかなか止まらない。私は、痩せて皺（しわ）が食い込んだ手の動きに不安が募っていった。何が起こるのか。

「後ろを向け」そう言われると、背中にひんやりと滑る何かを感じた。思わず身体を引いて後ろを向くと、老爺は、太い筆に墨を含ませて、私の背中に筆を走らせているのである。

私は、助けを求めるように父親の顔をうかがったが、黙っている。

身体を捩（よじ）ると、何か短い言葉をつぶやいて、私の小さな身体が動かぬように、片手で抑えた。

私の背中に何かを書いているらしい。

「こっちを向け」

そう言うと今度は、身体を自分の方に向けさせた。ひんやりとした感覚が、首筋のあたりから胸に向けて走った。

私の身体は、たちまち墨の文字で覆われた。

老爺は、硯の上に筆を置いた。

「ちゃんと、こっちを向け」

例によって、短い言葉で指図をする。

いきなり、老爺は激しい声をあげた。

差し出した私の手を両手で持ち上げながら、絞りだすような声がしばらく続いたが、それは、何かの「呪文」のようでもあった。

今度は、文字で埋まった私の手を引っ張り「えい」と力強い声をあげて、手を放した。

父親は驚嘆したように、老爺に向かって言った。

「白い、細長い、小さな虫のようなものが、指の先から、出ていくのが見えました。確かに」

父親は「確かに」という言葉を二度繰り返した。

老爺は、初めて薄い笑顔を見せると何かをつぶやいた。

家に帰ると、首筋の辺りに見える墨蹟(ぼくせき)に驚いた母親は、すぐに私を風呂場に連れていった。

＊

私は、刈り入れの終わった田んぼ道をしばらく歩いた。身体が軽くなったように思っていたが、それは錯覚だった。

杖(つえ)に頼る力が増して、呼吸も波を打ってくるようであった。

座るところがどこかにないかと、辺りを見回したが、そんなものはない。

しばらく行くと、用水路に架けられた橋の近くに、コンクリートのU字管が並べてあった。

私はよろめきながらそこに腰掛けようとしたが、腰を下ろすタイミングが少し早かったようだった。U字管に腰が届くより先に座ろうとした私の身体は、安定を失って後ろに倒れそうになった。

そのまま仰向(あおむ)けに倒れていたなら、用水路に転落していただろうと思うと、私は、もう一度後ろを振り返って身体を震わせた。

ほんのわずかな水かさの用水路にはまって死んだ老人の話を聞いたことがあったが、あるいは、何かに腰かけてバランスを崩して、用水路にはまったと、そういうこともあったのかもしれない。

用水路に並行して、小川が小刻みに音をたてて流れている。その縁に、彼岸花が続いていた。

私は、「まがまがしきもの」を見たように思って、彼岸花から目を逸(そ)らした。

子供の頃から、彼岸花は、目を近づけるような花ではないと思っていた。

大人たちがつけた、「死人ばな」などという、不当なその名前に怯えていたのである。

私の頭の中には、火葬場にその花が群生している様ばかりが浮かんでいた。

「曼殊沙華」と言う、それは、サンスクリット語に由来する優雅な名前だと知った後でも、私はその赤い花を、そんな名で呼ぶことを承知しなかった。

葉っぱをつけない細長い茎の上に、無数の糸状の朱色の花を広げている。

私は、自己主張の強いその花の勢いにも辟易としていたから、目を逸らすようにしながら、立ち上がった。

*

子供の頃に、小川に沿って「彼岸花」がこんなにも多く咲いていたかどうか。私の記憶は定かではなかった。

しかし、小川を区切っていたコンクリートの壁のことは、しっかり記憶していた。

私は、その細い壁の上を一歩一歩確かめるように歩いていたはずである。

まだ、小学校に行くような年齢ではなかった私の足には、小さな草鞋があった。

赤い布を巻きつけられた鼻緒を、時々確かめながら、私は幅の狭いコンクリートの壁の上を歩いていた。

足元は、雨上がりの湿り気を含み覚束なかった。

草鞋は、父親が作ってくれたものだった。納屋の中を覗くと、父親が、裸電球の下で手と足をしきりに動かしていた。

私の気配に気付くと、後ろを向いて、微かな笑みを見せた。

父親の、そんな微笑みは、私の記憶の中には、殆どなかった。

そして、父親は手にしていたものを、私に向かって差し出したのである。唇が動いたようにも思ったが、私の記憶に父親の言葉はない。

差し出したのは草鞋であった。赤い鼻緒の小さな草鞋である。

恐る恐る手を差し出すと、私の手に小さな草鞋をのせた。

それまで私は、ずっと、父親の視界の届かぬ所に、身を隠すようにしてきた。だから、言葉を交わすことなどもなかった。

父親の笑った顔などは、ついぞ見たことがなかった。しかし、草鞋を私の手に渡すときだけ、確かに口元に笑みを浮かべていたような気がした。微かに口元が動いたのである。

草鞋を手にした私は、何か恐ろしいことが起こるのではないかと思った。

私は、次の言葉を待ちながら、しかし、それを恐れていたのである。草鞋を手にすると、父親に背を向けて、急いで納屋から去っていった。

*

私は、躓(つまず)きそうになる足元を杖で支えていた。散歩と言っても、どれだけの距離も進まない。呼吸が乱れ歩調が整わなくなってくる。

わずかに所有していた田んぼは、人に任せるようになって大分たっていた。

自動車は、免許の返納を考えねばと思っていたから、ハンドルを手にすることはまれであった。

頼りは、この細い杖だけである。杖がなくなったときのことを、私は時々考えていたが、その先に考えが進むことは避けていた。

私の日常には、ほんの少しの散歩があるだけである。

「無為」。自分の日常を見ては、その言葉を繰り返すことがあった。

無為という言葉には、なにごとも為さぬという「意志」が幾分でも介在しているように思える。しかし私の場合は、何事も「為せぬ」という現実であった。「できぬ」という事実を、一つ一つ確かめては、大きな溜息(ためいき)をつくのである。

次に沸き起こってくるのは、「無用」という言葉であった。この考えは、私をしばしば落胆させた。

「これまで、お前は有用であったのか」という冷ややかな問いが続くと、落胆さえも中断せねば

ならなかった。

「お前はなにをやってきたというのか」という問いほど、恐ろしい言葉はなかった。

　私は、しばしば「一筋」という言葉を恐れた。「この道一筋」というような人のことが、テレビで紹介されたりすると、そのたびに、俯いてしまうのだった。

　私には、「一筋」などというそんな痕跡はどこにもなかったからである。

　そして。

　少しばかり顔をあげて前の方を見ても、その先には、何の道標も見えてこないのだ。お前は、どこに向かっているのか、と問うても、あるいは、お前は何を「待っている」のか、と問うても、答えは返ってこない。

　何かを為そうなどという「意志」は、もとよりなかった。

　そして、「できぬこと」を重ねていく先は、「終焉」ということになるだろうが、それは静かに訪れてくるとは限らない。

　静かに訪れるのでないならばと、そんな時、沸き起こる想念は、「死の先取り」ということであった。

　家に帰ると、妻が下駄を突っ掛けながら、玄関の階段を下りてきた。顔を顰め、私の顔を見ると批判めいた口調で言った。

「どこに行っていたの」

　どこに行っていたも、ない。私が出掛けることのできるのは、小川のほとりを歩く、ほんの少しの距離だけである。

「叔父さんが亡くなったのよ」

　私は、絶句した。全く予期せぬことであった。臥せっているとは聞いていなかった。先日会った時は、にこやかに艶のよい顔さえ見せていたのである。

　杖をついて歩いている私を見て、

「なんだ、おまえのその格好は」

とでも言いたげな表情を見せていたのである。

　叔父というものの、私とは年が近かったから、兄弟のように遊んできた。私は、叔父の元気な姿を見て、羨ましくさえ思っていたのである。

叔父の葬儀の場に、弔問の人は、多くなかった。しかも、新型コロナが流行ってからというものは、葬儀に家族以外は参列しない例が多い。

弔問客は、受付で香典を渡し祭壇に向かって焼香するとそのまま帰っていく。

葬儀が終わり、家族だけが残った葬儀場で、弟が近づいてきた。

「来年の春に、父さんと母さんの法事を一緒にやるっていうじゃないか。さっき姉さんから聞いたよ。俺に連絡をするのを忘れていたのかい。姉さんも、呆れていたぞ」

言葉を続けるのかと思ったが、弟はそれだけで口を閉ざした。

私に、何か含むところがあったのかとでも言いたげな様子であったが、私には、そんなものはあるはずもなかった。しかし、心の底では、来年三月の法事に、みんなが集まることについて、不承不承のところがあったのかも知れない。

ともかく、私は、その準備のための、たとえばお寺との話し合い、法事の後の会食の段取りなど、それらを考えると憂鬱になっていたのである。

全てが億劫で、準備の過程の一つ一つに私は溜息をもらしていた。

「ああ、そうだった。ごめんな」

それだけを言うのが精一杯であった。

叔父の葬儀を終えて、家に戻ると、私は、突然、恐ろしく空虚な気持ちに襲われた。

私は、ひと月もたっていない頃に元気な叔父の姿を見ていた。

こんなふうに人は消えていくものなのか。予告もなしに、その兆候を示すことのないままに。

叔父が突然倒れて病院に運ばれたことなどの会話が、葬儀場で何度も交わされていた。私は耳を遠ざけていた。

どうやら私は、杖を便りに生活している今でさえ、死は、まだ、先のことと思っているらしい。

しかし、突然、こんなふうに襲ってくるのである。

誰かが言っていた。動いている操り人形の一本の糸が切れるように、生死の境はあるのだと。

「死の先取り」などと考える前に、死の方は、確かに知らぬ間に、しかも早足で、自分に近づいている。

＊

あのとき幼い私は、父親の作ってくれた草鞋を手にして、捧げ持って、赤い鼻緒の草鞋を何度も眺めていた。

父親の微笑みらしきものも浮かんだ。

雨上がりの空には、「お日さま」も輝いていた。

私は、草鞋を自分の足に合わせた。母親に見つからぬように、家の陰の犬走りに腰を掛けて、草鞋の紐を引っ張っていた。

草鞋は、小さな私の足にしっかり収まった。

裸足の踵をほんの少し出すだけで、藁の紐を引くと心地よいほどに足に収まった。

藁紐の締め方は、大人のする様子を見ていたから難しいことではなかったが、左足の方は、足裏を浮かせていた。

そのことが、少しばかり気になっていたが、そのまま歩き出した。

私は、小川のそばに来て、細いコンクリートの壁の上に足をのせた。

雨上がりの小川は水かさを増し、足元の幅の狭いコンクリートの側壁の上は、滑りやすくなっていたが、私は、そのことが、かえってサーカスの綱渡りのように思えて、浮き立つような心を抑えかねていた。

上流の用水路から分流した小川は、田んぼに沿って続き、角度を変えて、道路に沿って流れる用水路に合流しているはずであった。そこまで、小川の側壁を辿って行って見ようと思った。足元の草むらに彼岸花がまばらに咲いていた。

小川が、用水路に合流する所は、コンクリートの塊が両方から突き出していた。

雨が降った後の小川の水は、大きな用水路へと流れていた。

私は、その水の流れを覗こうとしたのだが、幾分緩んでいた藁縄の紐が動き、突然、バランスを失った。足を滑らせ、私は小川の中に投げ出された。

小さな身体は、水の赴くままに運ばれたらしい。私は、巨大な渦の中で、もがいている自分を見ていた。何度も水の中で回転しながら運ばれていく自分を見ていた。

しかし、すぐに何かにぶつかって、流れようとする身体は止められた。私は何かに掴まったらしい。

小川の両側に飛び出したコンクリートの塊があり、その間に何枚かの板を挟んで水量を調節するようになっていたのだが、板一枚がその間にはめられ小さな堰を作っていた。私は、その板に身体をぶつけたらしい。

私は、無意識の内に板に掴まり、さらにコンクリートの出っ張りに手を掛け、あぜ道に這い上がった。

小さな堰を越えて用水路の大きな流れに出ていたなら、私は、到底、水から出ることなどできなかったであろう。

おまけに、用水路の水門の先は、道路の下に消える暗渠となっていたから、私は、どこまで運ばれていったか分からない。

濡れた草鞋を足にして、身体全体がずぶ濡れになったまま家に向かったが、人目を避け、まして、父親や母親に会うまいと小走りに駆けた。

納屋の裏で、すぐには乾くはずもない、上着の袖とズボンの裾を絞っていた。

＊

私は杖を止めた。確かにこの辺りであったように思った。彼岸花が、これほどたくさん咲いていた記憶はなかった。

小川が用水路に注ぐ堰も、草むらに覆われて確かに存在していたが、それは、小さかった。

小川でもがいていた私は、とてつもなく大きな渦の中にいたように思っていたが、目の前の小川は、わずかな水が流れるばかりで、水のかさは私の踝（くるぶし）ほどもない。

しかし、そこで息もできずくるくると回転していた。見つめているとその水の色まで蘇（よみがえ）ってくるようであった。

杖に支えられてあぜ道に立っていると、あのときの息苦しさが蘇ってくる。

「あのとき、私は、死んでいた」とつぶやいた。

生け垣を抜けて、納屋の角にさしかかると、片隅に、背丈ほどの鉢植えの木があることに気付いた。今朝はなかったはずなのにと思いながら近づくと、枝の先にいくつかの紅色の花が見えた。

妻が、どこかで買ってきたのかも知れない。根元には、盛られたばかりの新しい土の色も見える。百日紅の木である。

私は、鬱屈した思いから放たれる思いで、背丈ほどの、その花を引き寄せてみたが、こんなに間近に百日紅の花を見たことはなかった。

玄関から妻が出てきて、私と百日紅の木を交互に見て、笑った。得意そうな表情を見せている。

私は、木の幹を手元に寄せて、その細い幹に爪を立てた。

幹に沿ってなぞってみたが、指は滑らかに動いた。

西野千尋（にしの・ちひろ）
1946（昭和21）年南砺市城端生まれ、射水市在住。東京教育大文学部卒、高校教諭などを経て現在は無職。

新作小説を募集

北國文華掲載

小誌は、新作の小説を発表する場を充実させていきます。鏡花、犀星、秋声をはじめ、多くの作家を生み出してきた文学土壌にふさわしい、清新な才能の登場を待望しています。意欲作を応募してください。

次回締め切り（2024年夏号/第100号） 4月12日㈮

（第101号の締め切り…2024年7月12日㈮）

応募規定

- 未発表の作品に限ります。
- 原稿枚数は400字詰原稿用紙で10〜40枚。
  データ原稿の場合、縦書きにプリントしてください。1行の文字数や1ページの行数は自由ですが、400字詰原稿用紙に換算した枚数を必ず明記してください。
- 表題、本名（筆名）、住所、電話番号、年齢、職業、略歴（生年、出身地、所属同人名など）を明記してください。
- 採用する場合は、北國文華編集室からご連絡します。採用作には小誌の規定により謝礼をお贈りします。
- 掲載作品の版権は本社に帰属します。
- 応募作品の原稿は返却しません。コピーするなどしてください。
- 募集要項、ならびに選考の結果についての問い合わせには応じません。ご留意ください。

宛先
〒920-8588 金沢市南町2番1号
北國新聞社 北國文華編集室 ☎076-260-3587
syuppan@hokkoku.co.jp

北國文華 定期購読 バックナンバーのご案内

購読料（消費税込）

●3年間（年4冊、計12冊） **18,900円**

年間購読の送料は当社負担。
お支払いは現金、カード払いで

年間購読（3年）なら **2,220円お得!!**
定価1冊1,760円、3年間12冊21,120円のところ

お申し込みは簡単!!

❶お電話で… TEL 076-260-3587
［出版部直通］受付時間／土日祝日を除く10：00～18：00

❷インターネットで… 北國文華 検索
「定期購読を申し込む」から必要事項を入力してください。

❸メールで…syuppan@hokkoku.co.jp
件名を「北國文華定期購読希望」とし、お名前とお届け先の住所、
電話番号をご記入ください。こちらから確認メールをお送りいたします。

＜バックナンバーのご案内＞

令和6年能登半島地震の影響で、配送が遅れたり、お届けできなかったりする地域があります。

2024冬 第98号

特集 前田家当主交代
加賀百万石 継承の実像

【インタビュー】 父利家を裏切った利長／安部龍太郎
『加賀藩史料』が語る藩主交代劇／本誌編集室
【寄稿】 前田家の記憶と近代／本康宏史
家督相続ドキュメント　藩主治脩の日記を読む／本誌編集室

【小説】 十字路（上）／出崎哲弥
【寄稿】 生誕150年　近代を拓いた先人の肖像④
山崎延吉／増山仁

【好評連載】小説 千代女 ⑰福わら／子母澤類

2023秋 第97号

特集 国民文化祭
皇室の至宝を見よ

「歴史の宝物庫」に物語あり／本誌編集室
【インタビュー】 皇室との距離がぐっと縮まる／青柳正規
【インタビュー】 工芸王国に勇気と展望与える／宮田亮平
「文化絢爛」担う　芸文協の歩み／本誌編集室

【連載】 赤羽萬次郎が生きた時代④／出崎哲弥
【寄稿】 生誕150年　近代を拓いた先人の肖像③
日置謙／増山仁

お問い合わせ　北國新聞社出版部 TEL（076）260-3587 北國文華 検索
〒920-8588 金沢市南町2-1　Eメール syuppan@hokkoku.co.jp

読者の声

名君・利長に感服

安部龍太郎氏の北國新聞連載「銀嶺のかなた―利家と利長」は筋立てが面白いばかりではなく、綿密な歴史考証に裏打ちされ、多くの古文書が明快に読み解かれていて、まさに歴史小説の白眉だと思う。

北國文華第98号に掲載された作家、安部氏の特別インタビューを読み、2代藩主前田利長の名君ぶりに深く感服した。

安部氏によると、利家は利長に「豊臣秀頼を守護せよ」と遺言したが、利長はこれに背いた。父の死後は早々に秀頼のいる大坂を去り、徳川家康に従って家の存続を図ることにした。利長が下したのは重い決断ではなかったか。安部氏の連載をかみしめている。

三輪治夫　85歳（金沢市）

継承の危機、乗り越えた

北國文華第98号の特集を楽しく読ませていただきました。

幾度となく継承の危機に直面しながらも乗り越えてきたことを識者の見解を交えながら内実について詳しく解説があり、大変参考になりました。

「金沢検定」を通じて一通り加賀藩の歴史について学んだつもりでいましたが、まだまだ初歩だと痛感しました。加賀百万石の遺産を知る絶好の機会でした。

濱田敏博　77歳（能美市）

北陸と信州結ぶきっかけに

大政奉還間もない江戸から明治への転換期、日本政府の派遣留学生として米国へと渡った伊澤修二。故郷である長野県伊那市高遠町では、彼の名前を知らない人はいません。北國文華第98号の「十字路」は、伊澤をモデルにした一人の若者を通じ、私たちが知り得なかった彼と、まるで同じ時代に居合わせたかのように感じました。読み進めるのが楽しみな作品です。

伊那市では「伊澤修二記念音楽祭」が開かれ、令和6年で38回を数えます。小学生から大人まで音楽を楽しむ機会となって根付いています。この小説がご縁となり、伊澤修二の生家を実際に見ていただき、北陸と信州が結ばれるきっかけになれば大変うれしく思います。

丸山富永　72歳
（伊那市立高遠町図書館館長）

編集室から

◆珠洲市飯田港に面したショッピングプラザ「シーサイド」は、忘れ得ぬ場所です。珠洲支局に勤務していた2年間、どこよりも足を運んだ生活拠点でした。食堂「道づれ」でボリュームたっぷりの昼食をいただき、「おさかな天国」「となりのトトロ」が流れる珠洲食品館で夕食を選びました。防波堤が見える入り口で缶コーヒーを飲み、優しい日ざしに照らされた海に癒やされていました。

◆外壁や窓ガラスが壊れたシーサイドの写真を目にして、言葉を失いました。穏やかな珠洲での暮らしを形にした場所だったからです。かくもたやすく、日常というものはひっくり返されてしまうのでしょうか。今号のためにメッセージを賜った方々、取材に応じてくださった皆様に深謝します。北國文華はこれからも、能登の復興を後押ししていきたいと考えます。

（宮）

〈ご意見・作品を募集〉

◆本誌記事へのご意見、ご感想などをお待ちしています。300字以内にまとめ、住所、郵便番号、氏名、年齢、電話番号を明記のうえ、出版部宛てにお送りください。原稿は内容を損なわない範囲で一部修整させていただく場合もあります。

◆小説（182ページ参照）のほか評論、研究論文、随筆など幅広い作品を募集しています。

400字詰原稿用紙20～30枚で、未発表のものに限ります。原稿の返却には応じられませんので、必ずコピー等をお取りのうえ、出版部宛てにお送りください。

北國文華 第99号

発　行　2024（令和6）年3月1日
編集人　宮下岳丈
発行所　北國新聞社
金沢市南町２番１号
〒920-8588
TEL 076-260-3587［出版部直通］
FAX 076-260-3423［出版部直通］
郵便振替 00710-0-404
北國新聞社ホームページ https://www.hokkoku.co.jp/
出版部電子メールアドレス syuppan@hokkoku.co.jp

ISBN978-4-8330-2306-1

次号の発売は2024（令和6）年6月1日（土）です。

令和6年能登半島地震の影響で、配送が遅れたり、お届けできなかったりする地域があります。

明治15年（１８８２年）の創業以来、私達は紙を通じて
社会に心地よさを提供してきました。
近年、電子化や軽包装化により、ペーパーレスが顕著ですが、
紙の持つ機能や価値を掘り起こせば、紙需要の可能性は
まだまだ無限であると考えています。
コシハラは次の１００年を見据え、紙の新たなる価値の創造を
通じて持続発展社会の構築に寄与して参ります。

代表取締役社長　越原寿朗

本　　　社：〒920-0061 石川県金沢市問屋町２-53
TEL.076-237-8181/ Fax.076-238-4194
物流センター：〒920-0211 石川県金沢市湊 1-1-3
http://www.kosihara.co.jp